爱上巴西利亚

AISHANG BAXILIYA

鹤辈 著

大连出版社
DALIAN PUBLISHING HOUSE

图书在版编目(CIP)数据

爱上巴西利亚 / 鹤蜚著. —大连：大连出版社，2010.7
ISBN 978-7-80684-953-8

I.①爱… II.①鹤… III.①游记—作品集—中国—当代
②散文—作品集—中国—当代 IV.① I 267

中国版本图书馆CIP数据核字（2010）第114614号

出 版 人:刘明辉
策划编辑:张　波
文字编辑:刘晓媛
封面设计:张　金
版式设计:张　波
责任校对:刘春燕
责任印制:徐丽红

出版发行者:大连出版社
地址:大连市西岗区长白街10号
邮编:116011
电话:0411-83620442/83620941
传真:0411-83610391
http://www.dl-press.com
E-mail:cbs@dl.gov.cn
印　刷　者:大连金华光彩色印刷有限公司
经　销　者:各地新华书店

幅面尺寸:170 mm×230 mm
印　　张:10
字　　数:200千字
出版时间:2010年 7 月第 1 版
印刷时间:2010年 7 月第 1 次印刷
印　　数:1～3000册
书　　号:ISBN 978-7-80684-953-8
定　　价:30.00元

目录 CONTENTS

第一部

爱上巴西利亚

爱恨交织圣保罗

圣保罗，多么有磁性的名字，这三个字排列在一起，仿佛一个英俊的小伙子一下子站到了你的面前，立刻让你深深着迷。来圣保罗之前，我就上网搜了一些关于圣保罗的介绍，也找了一些描写圣保罗的文章来看。网上说圣保罗是全球第三大城市，巴西的第一大城市，同时也是南美第一大城市。还有的说圣保罗是花园城市、金融城市等等。因为选择圣保罗为我们南美之行的第一站，我们不得不因此而多次转机，连续不断地乘坐了近24个小时的飞机才到达这里。可见圣保罗在我们的心目中多么的重要。

不管网上怎么介绍还是书上说得有多么好，圣保罗给我的第一印象很是糟糕。

从机场往圣保罗的市中心去时，一路上的道路坑洼不平，两侧的房屋也有些破旧，因为圣保罗没有火车，所有的运输全部靠公路运输，大道上到处都是装满货物的大货车和各种小型车辆，它们互相挤在一起，胡乱抢道。一路上还一直堵车，加上我们乘坐的面包车空调坏了，只制热不制冷，司机只

两队相向而行的战士

好打开窗户透风，我们的车走走停停，空气变得闷热不堪，到处飞扬着尘土，路边的树木上也落满了灰尘，空气中仿佛充满了火爆的气息。导游介绍，因为圣保罗没有铁路，主要的运输都靠公路，所以城市道路显得特别的拥挤，再加上圣保罗是工业城市的原因，这里到处都是工业时代的喧嚣与躁动。但毕竟圣保罗是国际性大都市，进入市区，很快真正迷人的圣保罗就跳到了我的眼前。市中心区到处会看到高楼林立的金融区、商贸区等繁华的街区，当我们走在圣保罗的大街上时，会不时地感觉到，在圣保罗到处都可以看到南美文化背景下透露出来的城市内涵，大气而浑厚。

圣保罗位于巴西国境东南部马尔山脉大崖壁边缘海拔八百多米的高原上，建市距今已有四百多年历史，始建于1554年1月25日，这一天恰逢纪念圣徒保罗的日子，所以便以天主教圣徒保罗的名字命名这座城市。圣保罗曾经是西方移民向印第安人传教的小镇。1822年，佩德罗一世在这里宣布巴西独立。后来，由于咖啡种植业的兴旺，大量的欧洲移民前来定居，所以说，圣保罗也是一座移民城市。在圣保罗，约有一百多万意大利人的后裔和一百多万拉丁美洲国家的后裔，不到一百万的欧洲和亚洲移民后裔，还有许多非洲的黑奴后

裔、阿拉伯人的后裔等等。值得一提的是，在圣保罗的亚洲人中，并非华人最多，而是日本人最多，且如今的日本人后裔已经开始进入圣保罗的政治、金融、文化、体育等各个领域，并建立了许多日本城，在亚裔中处于很高的地位。

圣保罗是巴西最大的工业城市，也是拉美工业的集聚地，这里聚集了冶金、机械、汽车、飞机、石油提炼、纺织等各种工业项目，经济产值约占巴西国民生产总值近一半。

吊在空中的博物馆建筑一角

与其说圣保罗是一个工业城市，莫不如说圣保罗是 一座文化城市更准确。 圣保罗可以说是巴西文化、教育以及艺术的中心。圣保罗市内有圣保罗大学、天主教大学、医科大学等各种高等学府和专科学院，圣保罗的图书馆拥有藏书逾百万册。

到圣保罗一定要参观博物馆和画廊。在圣保罗市区有众多建筑风格各异颇有特色的大大小小的博物馆，其中著名的有圣保罗美术博物馆、巴西美术博物馆、家具博物馆、航空博物馆、科学博物馆、印第安民间艺术和手工艺品博物馆等。这些博物馆不仅馆内藏品丰富，建筑风格更是极具特点，几乎每栋建筑都个性十足，对游客具有极大的吸引力。

在圣保罗著名的宝丽斯塔大道上，有一条闻名世界的金融街，在金融街中心区内有一幢十分奇特的建筑，远远地就吸引住了我们的目光，这栋4层高的建筑没有任何基础，是一栋特殊结构的建筑，整个建筑靠两侧的支柱将其吊在空中，实实在在是一栋吊楼。体积这么庞大的建筑吊在空中，设计理念真是别具特色，一打听，这栋建筑也不同凡响，原来是圣保罗艺术展览馆。导游彭小姐也

博物馆吊楼下用于广告发布的雕塑

导游正在帮我们买参观博物馆的门票

很诧异，说她在圣保罗住了很多年，从这里经过无数次，只是远远地欣赏而已，从来也没有进去过，也不知道里面到底展些什么艺术品。她到巴西十几年，也做导游很久了，从来没有哪个游客要求进去过，遇到我们这些搞建筑的内行，她也借光和我们一起进去参观了。

圣保罗艺术展览馆里面的布置真让我们吃惊不小，整个建筑内部装潢和设计充满了现代派的气息，每个楼层展出的内容都不一样。一楼是一个展出各种雕塑艺术品的展厅，还兼卖各种画册、摄影集和明信片以及各种纪念品、书籍等。二楼是现代派的摄影艺术作品展，作品不像一般的展览那样按部就班地挂在墙上，而是不规则地挂在半空中，还有的竖立在大厅中央，看上去随意而浪漫，置身其中，也有一种走进迷宫的感觉。三楼正在进行一个广告装潢设计作品展，展出的作品构图大胆，色彩强烈，每幅作品都给人一种强烈的视觉冲击，只可惜馆内严禁拍摄，我们只好把它们保存在记忆里了。四楼是名人画作展。真是十分的幸运，馆内竟然有莫奈、凡高的油画作品，还有一些西方著名画家的作品，全是真迹，真让人大开眼界。馆员介绍说，这些画作都是一些私人收藏家无偿地捐赠给展览馆的，供人们欣赏。整个展览馆一至三楼的展览经常更换，只有四楼是一个固定的长期开放的画展，展出的画作也基本是固定的。因为不允许拍摄，我们只好拼命地往脑海里充塞这些让我们惊叹不已的画作，直到闭馆了才依依不舍地离开，仿佛刚刚品尝了丰盛的精神大餐，心里装满了回味，久久不肯散去。

导游一直耐着性子陪着我们，等我们从博物馆一出来，导游就迫不及待地领我们去购物。说本来约好了下午3点到人家店里，结果耽搁了好几个小时。我们跟着导游彭小姐到了一家台湾人开的宝石纪念品店。宝石店里的员工是几个四十岁以上的中国妇女，有一个中国男人是经理，感觉和女经理是夫妻，等逛完了宝石店就觉得所有的人都像一家人了。进宝石店前，彭小姐要先打电话和店主约好，等到了商店，宝石店的女经理下楼用钥匙打开专用的电梯，然后把我们接到三楼，再锁好电梯门和房门，然后才开始安心地卖货。这里真是戒备森严，局外人从外表根本看不出这里是卖宝石的商店，不知道里面的商品如此的繁多，也不知道里面的人家是多么的富足。只是刚走了第一个城市，余下的旅程还那么漫长，除了高先生曾经在街边的一家宝石店花了400

美元买了一个海蓝宝石项坠以外，我们在台湾人开的宝石店里分文未花。彭小姐一脸的不高兴，大家感觉有点儿对不住彭小姐似的，在去机场的路上有话没话地和彭小姐聊天，但彭小姐却一直沉默着，装做听不见我们说话，直到抵达机场都没怎么和我们搭讪。

晚上5:50（当地时间），我们一行乘坐巴西TAM航空公司的JJ3574航班，飞往巴西首都巴西利亚，结束了一天半的圣保罗之旅。

再见了，大气污染、杂乱、嘈杂、沉闷、担忧、神秘而又富有的城市，再见了，我梦中结实的圣保罗。

值得记住的词汇：

SAO PAULO CGH——圣保罗

巴西TAM航班全称：TAM LTNHAS AEREAS S A

政治家的摇篮

1500年前，葡萄牙探险家佩德罗·卡布拉尔率船队横渡大西洋，继而发现巴西这块宝藏一样的陆地，并给这里起名叫“圣十字地”，同时向全世界宣布巴西为葡萄牙属地。也许正是从那一刻起，圣保罗就注定了他不平凡的历史。

佩德罗·卡布拉尔率探险队来到巴西后，在海岸附近的热带森林中发现一种红木，这种红木可以提炼十分贵重的红色染料，于是他们就把这里叫做“巴西”。“巴西”在葡萄牙语里就是“红木”的意思。

1530年，葡萄牙王室派M.A.de索萨率领移民到巴西。1532年葡萄牙殖民者开始在此建立居留地。1534～1536年将巴西沿海至《托德西利亚斯条约》划定的界线以东地区，划分成14个“封地”，作为世袭领地分封给封建主统治。1549年王室委任索萨为第一任总督，统一管辖各“封地”，并建萨尔瓦多城（又称巴伊亚）为首府。此后，葡萄牙移民陆续抵达，移民数量逐渐增加，

独立纪念碑在蓝天下矗立着

开始了巴西不平凡的历史。1580年，葡萄牙王位为西班牙王室继承，国土被合并于西班牙。西班牙王室在葡萄牙设立印度及海外领地事务院，负责管理巴西。1624年，荷兰人占领巴西东北部大片土地，一直统治到1654年。1640年葡萄牙恢复独立，另设海外事务院管理巴西。1763年葡萄牙政府把巴西总督首府从萨尔瓦多迁往里约热内卢。圣保罗最早是印第安人的村落。1554年葡萄牙殖民者来到这里，发现其地理位置理想，便大兴土木兴建城镇，因这一天恰好是天主教纪念圣徒圣保罗的日子，便将这座城镇命名为圣保罗。

纪念碑雕塑局部

1822年9月7日，巴西宣布完全脱离葡萄牙而独立，成立了巴西帝国，年仅24岁的彼得罗一世成为巴西国王。这个英俊的后生，成为巴西人最持久的骄傲，他和他的军队当年在广场中央宣布独立的情景，被凝固成雕塑，站在雕塑前，不禁让人联想起当年国王少年得志时的骄傲，他的崇拜者将他和他的随从们修建成纪念碑，取名为独立纪念碑，永远地凝固在了历史的记忆中。

独立纪念碑矗立在蓝天下，这座建在一大片绿毯似的草坪中间的雕塑和壁画群雕，展现了年轻的国王率领他的团队英勇奋战、宣布独立、欢呼胜利等场景，仿佛时刻向巴西人们展示着他们曾经的胜利与荣耀。

正是清晨时分，四周宁静安逸，绿草在阳光下沾着露珠，几个老人在纪念碑四周的广场上散步和慢跑，两个英俊的巴西小男生穿着旱冰鞋，围着纪念碑在熟练地穿

巴西人曾经的骄傲

梭着，不时在我们面前飞速而过。唐·佩德罗骑在马上，高傲地凝视着远方，此刻这位昔日的开国皇帝正和我们这些来自东方的朋友一起，体味着胜利的喜悦。我们不由得在雕塑前伫立了许久，仿佛闻到了国王征战的硝烟，听到了巴西人胜利的欢呼，从内心里真诚地瞻仰这位不朽的英雄。

9月7日，我记住了这个光荣的日子：巴西独立日。

也许正是从年轻国王宣布独立的那一刻起，圣保罗就注定开启了它不平凡的篇章，这里是巴西的政治文化中心，又被称为巴西政治家的摇篮，巴西的选民们常说的一句话就是“你赢得了圣保罗你就赢得了巴西”，可见圣保罗在巴西的地位。圣保罗于1554年建市，是南美最大的城市，这里也是巴西人口最多、工业最发达、经济最繁荣的州，是全国最重要的贸易和金融中心以及最大的消费市场，有“巴西经济的火车头”之称。圣保罗州政府所在地圣保罗市是巴西最大、世界第四大城市，也是巴西工商、金融中心，产值和工

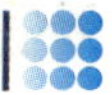

业产值分别占全州总产值和工业总产值的50%和70%。圣保罗每年的全国工业产值占全国的41%，年国民生产总值500亿美元，每年它向联邦政府上交的税金占全国总税收的21%。

圣保罗的主要工业有机械、汽车、电器零件和轻工业，此外还有医药、塑料、烟草行业以及出版印刷等。全国50个最大企业中有30个在圣保罗。银行和分行5037家，银行职员占就业人口的10%。全市共有超市750个，现代化购物

广场上的胜利火炬久久不息

中心10余家，还有800多个集市。圣保罗市工业就业人口占全国总数的20%。圣保罗市也是南美最大的外贸基地。

圣保罗市大工业集中，经济实力雄厚，对巴西全国影响巨大。自巴西建立共和制以来，在历届总统中至少有三分之一是在圣保罗市或州政府任职期间取得辉煌政绩的政治家，能在圣保罗市、州政府中担任要职，也就是踏上了通向巴西利亚总统府的桥梁。可见，圣保罗在全国经济和政治生活中占有何等重要的地位了。

我国于1984年在圣保罗设立了总领事馆，虽然二十几年的时间还算不上什么光阴，但是历史的见证却无时不在提醒着我们：也许什么都可以留住，只有岁月是留不住的。

圣保罗的骄傲

一个对自己历史骄傲，同时又对前途和未来充满信心的民族，总会想尽各种办法让人们记住其曾经辉煌的过往，从圣保罗大大小小各种各样的博物馆就可以看出，圣保罗那些征服者的后代，总是以骄傲的姿态，以带有色彩的粉饰，用胜利者的笑容，将祖先征战的历史一点点地收集、整理、修筑、光大，收藏先辈努力的史迹，并流传于后代，让子孙有所借鉴，以表达他们对征服者大帝曾经驰骋的崇拜。

早晨我们去了圣保罗的皇宫博物馆（IPIRANGA皇宫），里面主要是一些古时候巴西人用过的各种用品，有许多是仿制品，还有一些画作展示，陈设非常的简单，简直看不出是博物馆，我甚至认为，博物馆里的那点东西不值得建设一个华丽而庄重的博物馆来加以收藏，而这里却是圣保罗人的骄傲。

这里虽不奢华，却浓缩了巴西的历史，展现了巴西曾经的战争与繁荣以及发展，也可以从中看到巴西的过去。

博物馆其实是一个国家和一个民族文化水准的象征，同时也是一个国家经济实力的体现，圣保罗市区内的许多著名的建筑物其实就是博物馆，圣保罗的发达经济也让整个南美为之倾慕，所以才会建设那么多不同风格的博物

皇宫博物馆广场上的小童

博物馆广场上的保安

皇宫博物馆

馆。我到国外旅游，一般到一个城市，不管行程多么紧张，也一定要去博物馆参观的，虽然博物馆里面陈列的物品不一定是真迹，但这些陈列的物品还有文字介绍能很好地展现时代的风貌。历史仿佛是一个人的记忆，不管曾经多么痛苦或者辉煌，一旦成为过往，回想之间，总会令人回味，同时也会让人发思古之幽情，感慨岁月的变迁。

圣保罗除了博物馆多外，教堂也特别多，有些教堂其实在某种意义上也充当了博物馆的角色。引人注目的南美洲最大的教堂之一——天主教大教堂就坐落在圣保罗市。这座教堂始建于20世纪30年代，落成于圣保罗建城400周年的1954年，是一座典型的哥特式建筑，气势宏伟，多姿多彩，地下室里保存着许多圣徒的遗骨。

圣保罗有着令人骄傲的历史，但提起圣保罗，还有一个令这座城市骄傲

清晨广场上的年轻人

甚至令整个巴西骄傲的人物——塞纳（Ayrtonsenna），在巴西称得上民族英雄的人物除了球王贝利就是F1赛车手塞纳了。塞纳1960年出生于圣保罗市，1983年成为威廉姆斯车队的试车手，翌年，成为贝纳通队的正式车手。1985年加入莲花车队，1988年转会迈凯伦车队，并获得了第一个世界冠军，从此一发而不可收，共参加161场F1大奖赛，获3次世界冠军，41个分站冠军，80次登上领奖台，创65次首发纪录。每年5月1日塞纳的拥戴者都会为他举行纪念活动，塞纳天性良好的气质和睿智而文雅的谈吐，成为巴西人心中永远的骄傲！

塞纳1994在比赛中因车祸去世，在他短暂的一生中，用激情写下了不朽的篇章，他的去世不仅代表了F1时代的结束，也成为圣保罗乃至整个巴西永远的痛！

性感的宝丽斯塔大街

因为导游说圣保罗的治安不太好，很多时候我们都只能在车上观看这座城市，但是当车子穿过著名的金融大街——宝丽斯塔大街时，我们决定下来步行，不相信大街上熙熙攘攘的人群中，会有什么胆大的人把我们怎么样。

宝丽斯塔大街位于圣保罗的最高处，海拔达800多米，这条大街上汇集了5300多家来自世界各地的银行，这里也被称为拉美的金融中心，可以说是金融界的联合国。一百多年前，旅居巴西的乌拉圭籍工程师兼房地产投资商艾吾杰纽·利玛和朋友买下了“卡瓜苏”一带大片土地。同行的安先生是房地产公司的老板，他感慨地称利玛是房地产界的前辈，利玛先生的大手笔让国内的那些地产精英们看了一定会汗颜，正是利玛先生独到的眼光使宝丽斯塔大街扬名世界。当时，圣保罗人口不过10万，还是一个发展中的城市。独具慧眼的工程师利玛预见到圣保罗发展的光辉前景，决定开辟这条全长2800米的大道。

1891年12月8日，宝丽斯塔大道举行了通行典礼。利玛在演讲中预言：“这将是一条引导圣保罗走向未来的光明之路。”果然如利玛先生所言，进入20世纪后，外来的投资者加速了宝丽斯塔的发展和繁荣。30年代末期开始，大道两

宝丽斯塔大街
上的报刊亭

宝丽斯塔大街上一家博物馆门前的广告

年轻人寻梦的地方

旁一幢幢高楼大厦拔地而起。设址于此的圣保罗工业联盟有1万余家会员工厂和公司，它们的年产值占巴西全国年产总值的20%左右，这里成为巴西的经济神经中枢。

宝丽斯塔大街是圣保罗市南区和西区的交通连接点，交通极为繁忙。地铁和公车交织运行，每小时有近10万辆汽车和5000多辆公共巴士通行，日载客100多万人次。为了节约时间，每天都有直升机在工业联盟大楼顶上准时起降，以接送那些重要的财经人员上下班。这条大道地皮昂贵，每平方米价值达上万美元。各种服务设施、文化娱乐场所、商店、学校、书店和医院等在这里也应有尽有。1991年12月1日，宝丽斯塔大街通行100周年，圣保罗市还为此举行了隆重的百年庆典。

宝丽斯塔大街四周高楼林立，写字楼遍布，每个银行高楼前都有腰里别着手枪的警卫站岗。他们黑着脸，穿戴整齐，表情严肃地站立着，他们几乎个个干练英俊，时刻准备对付那些假想的敌人。这种全副武装的架势，既让人感觉安全同时又会感觉危险无处不在，仿佛那别在腰中的手枪随时都会在耳边炸响。

如今的宝丽斯塔大街上共有上百座风格各异的高大建筑，以工商界、金融界、贸易公司等的办公大楼和写字楼为主，有数十万的来自巴西和世界各地的白领们出入于这些高楼大厦，为大厦里的主人们服务，在这里淘金，做着发达的美梦。

正是中午时间，宝丽斯塔金融大街上到处都是美丽、时髦、性感而衣着各异的写字楼美女，她们走在那些衣冠楚楚、意气风发的高大的白领男人身边，脸上是自由而开怀的笑容，这些美丽的女子和英俊的男士是趁午休的时候出来吃饭或者是出来散步的，宝丽斯塔大街上不仅聚集了南美最优秀的金融界的精英，而且也聚集了南美最性感而智慧的美女。

在圣保罗的银行里、写字楼里以及政府机关里有一条不成文的规定，所有的男士必须着正装，就是都要穿西装打领带，总之要衣冠楚楚，而对女士就没有任何要求，女士既可以着正装又可以着休闲装，吊带衫、三点式、露脐装、露背装等等什么都可以穿，穿什么都行，想怎么美想怎么漂亮都行，只要你自己觉得可以穿出去可以安心工作也不觉得会影响别人工作就行，只要你觉得漂亮舒服没有人管你。这条大街仿佛专为女人而建的，在这里，女人尽可以大胆地美丽和性感。

因为巴西人种不同，又是移民国家，所以混血儿非常的多。我们在机场、商店、大街上看到到处都是养眼的美女，这些美女由于国籍不同、肤色不同、装扮不同，远远看上去如一道道迷人的风景，真是令人目不暇接，美不胜收。巴西大多数美女都是奶油巧克力（白人与黑人所生的混血儿）肤色，她们健康、活泼、开朗、大方，金铜色的皮肤在阳光下泛着迷人的光泽，她们灿烂而无忧地笑着。巴西美女着装大胆、性感，身上衣服能简则简，能省则省，尽情地展示着身体的曲线，就连机场的女服务生也全部都是性感着装，她们身着白色的迷你紧身衣,深蓝色的紧身裤,与黑珍珠般的肤色巧妙地搭配，简直就是一道靓丽的风景，她们慢吞吞地为你办着手续，有的还哼着歌，有的边办登机手续边与旁边的同事小声地说笑着，才不管你多么着急，也不管飞机是不是就要起飞了，就按着自己的节奏慢慢地工作着，她们个个美丽性感，仿佛不是在工作而是在享受人生。也难怪，当游客看到她们天使般的笑容和曼妙而迷人的身姿时，一定会有一种不舍离去的感觉，工作慢一点儿又有什么关系呢？

教堂广场上的寻梦人

圣保罗有许多著名建筑，最引人注目的是南美洲最大的教堂之一——天主教大教堂。这座教堂始建于20世纪30年代，于1954年圣保罗建城400周年之际完成。这是一座典型的哥特式建筑，地下室里保存着印第安酋长在内的名人的灵柩和许多圣徒的遗骨。大教堂内还有多达万个声筒的意大利管风琴，还有65个小钟的大套钟。

大教堂广场从16世纪起就一直是举行宗教游行的出发点，也是圣保罗城市的零起点，也叫零公里。大教堂广场上也是圣保罗最乱的地方，据说这里是抢劫、打架、斗殴等刑事案件的高发区。神圣的教堂前还有人敢撒野？在上帝的眼皮底下犯浑？真是具有讽刺意味。

教堂广场上的人很多，看上去一派和谐自由的景象，但仔细一看就看出

宝丽斯塔大街上的大教堂

了这里的确与众不同。放眼望去，在众多的游人之中，有许多流浪者模样的人在广场上呆坐着或者躺在那里，有的枕着旅行包昏睡着，有的呆呆地坐着，有的三三两两地聊着天，有的四处转悠着，还有的无所事事地看着天……

知道内情的彭导告诉我们，这些人都是从外省来圣保罗淘金的，他们听说圣保罗非常富有，是有钱人的天堂，觉得在圣保罗遍地都是黄金，许多人就是做着发财梦到圣保罗的，到了之后才发现挣大钱发大财并非易事。这些从外省来圣保罗的求职人员，平时找工作的地点就集中在教堂广场上，所以教堂广场前就成了一个自由形成的劳务中心。每天到这里求职找工作的人不下万人，加上人员结构复杂，管理起来难度相当的大。

由于圣保罗的社会治安不好，且法律比较宽松，绑架、抢劫等事件时有发生，许多大富豪们都深居简出，不敢露富。我们在圣保罗的高级别墅区看到了许多别墅都是戒备森严，四周都是铁丝网、电网等包围着，四处都装满

教堂广场上流动的警署

圣保罗富人的别墅戒备森严

了摄像探头。感觉住在这样的房子里再舒适也像失去了自由一样，不禁令人感慨。

导游说宝丽斯塔大街上治安不好，抢劫的事件经常发生，游人都不敢在广场上久留，敦促我们拍完照后快速离开。我见广场上有几个警察在巡逻警车前说说笑笑，一派轻松的样子，怎么会不安全呢？我就说这里不是有警察吗，怕什么？彭导说，等你遭抢时警察的脸就会转过去，才不会管你。尽管有些将信将疑，但还是听话地快速拍完照躲进车里。

我在广场上认识了一个叫卢旺的擦皮鞋老人，借助导游，我们和他进行了简短的交流，他说他是从一百多公里外的地方来的，到圣保罗已经两年多了，平时以擦皮鞋为生。他是来找他的孙子的，两年前，他18岁的孙子说要到圣保罗来过自己的人生，从此就离家出走了。可是自从孙子离家以后就再也没有任何音讯，听说有人在宝丽斯塔大街上看到过他的孙子，他就到这里来找他孙子。他拜托彭导帮他留意，还从怀里掏出他孙子的照片给我们看。

我们正聊着，一个高大的巴西男人来到了老人的擦鞋摊前，老人忙丢下我们照顾起客人来了，他拿起工具娴熟地擦起皮鞋。而坐在那里擦皮鞋的男人，外表英俊，轮廓鲜明，有点儿像电影明星。这个巴西男人正用深邃的目光注视着我和我的镜头，也许他不知道，一双东方人的眼睛，也正透过镜头注视着他和他的国家。

卢旺老人正在卖力地擦皮鞋

神秘东方街

可能是血缘的关系，每到了一个新的国家，我就特别想去看看中国人聚集地——唐人街，不仅仅是因为唐人街上住着我的同胞，仿佛那里真的有我牵肠挂肚的兄弟姐妹，有我丢不掉的儿女情长。不过，出乎意料的是在圣保罗根本就没有唐人街，甚至在整个巴西都找不到唐人街。在圣保罗，取代唐人街的是神秘的东方街。

圣保罗的东方街干净、整洁、宁静而神秘，这里到处都可以看到亚洲人的面孔。这里的确与通常我们在国外看到的唐人街的喧闹、杂乱不同，在东方街上，没有大红大紫的喧闹，没有张扬的龙飞凤舞，在这里，比中华饭店、太上皇饭店等中华料理更有名的是日本料理和韩国料理，还有数不清的来自越南和印度等国家的各种饭店，可以说，东方街属于整个亚洲，这里是亚洲美食的天堂。

东方街近3000米长，在东方街上占据主流的是日本文化。在巴西，亚洲人中日本人总量要远远地超过中国人，位居第一。日本人与巴西有着非同寻常的渊源，据史料记载，清朝时期，19世纪末、20世纪初，当时的巴西政府为了发展经济，开始从沿海向内陆开拓国土，但由于巴西人口稀少，庞大的土地缺乏充足的劳动力，大片大片的土地无人种植，在取消奴隶制的潮流中，巴西政府和大农场主们将目光投向人口众多的中国。他们曾经向中国清政府要求移民一批农民到巴西种地，但当时的清政府认为，堂堂的大清国移民农民到巴西种地有失体统，就拒绝了巴西政府的要求。巴西政府转而与人口众多

酒店大堂里摆放的古老乐器

但土地稀少的日本商谈，从而成功地引进了日本移民，日本曾经大规模向巴西移民，据说当时巴西引进了20多万日本移民。

我们住在离东方街不远的一家日本人开的酒店里，远远看上去，这座酒店就和周围其他建筑与环境格格不入，是一个典型的东方式的酒店建筑。一进酒店，大堂里独特的布置顿时让我们感觉到神秘而怪异，无从知道这家酒店的历史，但酒店布局以及酒店内的设施和各种物品、用品，让我们感觉到日本后裔对本民族文化的执著与坚守，虽在异国他乡，却时刻牢记自己的东方血统。

酒店大堂里的神秘摆设

按合同规定，初到巴西的日本移民主要在圣保罗从事咖啡种植。尽管日本移民在巴西收益颇丰，但初到一个完全陌生的大陆，日本移民不仅要面对自然环境的改变，还要适应当地的文化，甚至是种族主义歧视。在相当长的时间里，日本移民的社会地位低下，没有巴西国籍。但是日本移民始终坚守自己本民族的文化，完全保持着从日本带来的所有社

酒店房间里具有东方色彩的装饰画

会及文化习俗。日本移民从日本带来的农作物种子在巴西试种获得成功，由此由咖啡业拓展到蔬菜和水果等其他的种植业。直至今天，巴西人平时吃的水果和蔬菜仍旧是由日本移民后裔种植并提供，他们基本把持和垄断着这一行业。

随着时间的推移，日本移民的处境开始发生变化。如今日本移民及其后裔人数已达100多万，位于在巴西的亚洲人之首。

日本移民的到来，对巴西的政治、经济、文化和生活等方方面面的影响很大，如今他们在巴西经济界崭露头角，控制了巴西许多重要的经济部门，在议会中成为一支重要的力量。由于日本人空前的团结，又善于拉选票，并且具有充足的竞选基金作后盾，日本后裔在巴西的政治舞台也渐渐得势，不少日裔跻身于巴西政界和军界。例如，1979～1985年间，上木诚昭在政府中任采矿和能源部部长。续木清吾也曾担任过卫生部长。巴西最大的20家公司中就有一家是日本后裔经营的。甚至日本柔道也随着移民传入巴西，经改造后变

成了巴西柔术。日本移民不仅带来了神秘的东方文明和传统的东方文化，同时也用自己的智慧和勤劳，为巴西的社会经济发展带来了前所未有的变化。圣保罗的东方街最早也是由日本移民建立起来的，曾经也叫日本街。后来，朝鲜、中国、越南、印度等国家的人也陆续在这个街区经商、定居，日本街也就渐渐地演变成东方街。上世纪50年代初，跟随国民党逃亡台湾、香港的大批人士无法谋生，不得已迁往巴西等南美国家，张大千也曾在巴西居住过。在新近公开的张大千家书中，有一封写于1961年5月29日（阴历）的信，当时国内因政策失误而造成的“三年自然灾害”已经开始，国内的生活“惨状”传到了远在巴西的张大千那里，他为远在国内的亲人牵挂着，无时不在为亲人的境遇而忧心。他在给远在四川的三哥的信中写道：“老年弟兄天各一方，不得相见，惊痛万分！月初经过，曾托一门生兑上美元五十元（合人民币120元）。度此信到时，此款亦当收到，外寄沙糖两公斤，花生油五公斤，花生米两公斤，红枣一公斤，肉松两公斤，云腿四罐。则云须一月或两月之可寄到。弟一人在法国，大约六月十二日飞回巴西。弟之近况尚可慰，弟于千里之外，每年卖出画可得美金万余（合人民币三万以下)，只是人口稍多，足够家用，无多蓄积而已。”

“弟家人一共十四人，果园有柿子一千五百棵，每年可收四五千美金……”

在同年11月13日的信中写到：“天气已回暖，旅途当较便宜，由汉口转车来广州，兄嫂动身之时，打一电报，弟即飞香港迎接。自巴西飞香港，只须两天而已。”

从张大千先生的家书中，可以看出他在巴西的生活过得还不错，要知道在那个时代，国内的经济相对紧张，他在巴西的收入相比于国内来说已经相当的高了。而且他的信中也可以看到当时的社会面貌，比如当时从巴西到香港要两天时间，而如今，当我从香港飞到圣保罗时，连转机带休息用时也不过24小时。半个世纪而已，改善的不仅是我们的物质生活和精神生活，人类科技与文明也有了质的飞跃。

相对于五六十年代国门的封闭而言，改革开放后，中国人走出国门已经越来越容易，无论在世界上多么遥远的地方，都会看到华人的影子，华人对世界的影响力也越来越大。

东方街上的中餐馆

近二三十年，中国大陆到巴西的移民也渐渐增多，中国华侨大有后来居上之势。在圣保罗、巴西利亚、里约等各大城市，大片街区都是中国人的“领地”，甚至还有华人议员，华侨的地位和实力正在逐渐上升，新一代华侨已经开始融入了巴西的政治和文化等各个领域，成为不可忽视的新生力量。

在整个东方街上，到处都彰显着东方文化，漫步东方街，日文、朝鲜文、中文、印度文的招牌随处可见，路灯是日本灯笼式的，既有神秘的中国风格朱漆牌坊，又有东洋文化的乐曲在东方街上弥漫。东方街的街道大多用青石板铺砌，整个东方街以中国和日本特色的装饰风格为主，街道看上去颇具有东方神韵。东方街的饮食服务业非常兴旺，各种商店和各民族特色的饭店遍布街道两旁，每个饭店的设计都体现了各自国家的风格和特点，还有规模不大的小旅馆和随处可见的小吃摊、杂货铺，很是热闹。我们的午餐和晚餐都是在东方街上的一个叫“皇上皇饭店”的中国餐馆里解决的，餐馆里布置得古色古香，以传统的中国红为主调，门庭廊柱雕龙刻凤，天花板悬挂中国宫灯，墙壁挂着中国字画，柜台上摆着老寿星、弥勒佛、关公，还有各种中国名茶和北京的二锅头，处处体现了鲜明的中国特色。漂亮的女老板见到我们非常高兴，拿出了从中国带来的二锅头给我们品尝，只是价格很贵，一瓶简装的二锅头价格合人民币80多元，真是物以稀为贵呀！老板娘还免费为我们加了两个青菜，让我们感觉到了“家乡人”的盛情。东方街上的青菜大多是日本后裔种的。巴西人是不会种植蔬菜的，至今巴西人主要的蔬菜大多由日本人种植。蔬菜种植技术好像只有亚洲人能领会其精髓并世代沿袭。吃过饭后，我们在东方街上尽情地浏览着，在异国他乡体会着不同特点的东方文化，看到的东方人面孔也亲切和生动了许多，有人看到我们在东方街上拍照和游览，还主动和我们打招呼和招手，让我们略显疲惫的圣保罗之旅轻松了许多。

卖宝石的小老头

昨天我们一整天都是在首都巴西利亚度过的。

首都巴西利亚，给我印象最深的除了大气磅礴的城市规划和风格独特的各种建筑以外，就是我们遇到的一个卖宝石的小老头。

提到巴西宝石，不能不提到巴西宝石巨头“H·史登”，他从一个外来移民，经过几十年的奋斗，把“H·史登”宝石公司发展成为仅次于瑞士的布希端、美国的哈利·温顿和蒂凡尼的国际上第四大珠宝公司。巴西盛产宝石，且宝石品种多、质量高，在巴西利亚向东南方向驱车100多公里，就有座世界闻名的宝石城克里斯蒂娜，这里被称作“巴西宝石之都”。全球65%的宝石产自巴西，而巴西70%的宝石从克里斯蒂娜“流”向全世界。

在葡萄牙语中，克里斯蒂娜是“水晶城”的意思。大约二三百年前，意大利移民曾在此发现水晶矿。如今，这座人口仅8万的小城拥有100多家规模不等的宝石商店和珠宝加工作坊，宝石设计、切割和镶嵌都在当地进行，价格低廉。巴西宝石主要有海蓝宝石、祖母绿、帝王玉、红碧玺、碧玺、黄宝石、紫宝石和钻石等等。认识巴西宝石就是认识了大自然创造的最美丽和最独特的精华。在巴西，宝石除了美观和具有很高的价值以外，还由于其独特的形状和颜色具有不同的神秘含义、治疗功能和能量。海蓝宝石、祖母绿和帝王玉，每一种宝石代表着巴西的水中、海滩、森林和山脉中所能看到的颜色。海蓝宝石

卖宝石的小老头和他手中的宝石

祖母绿

碧玺

黄宝石

紫宝石

帝王玉

钻石

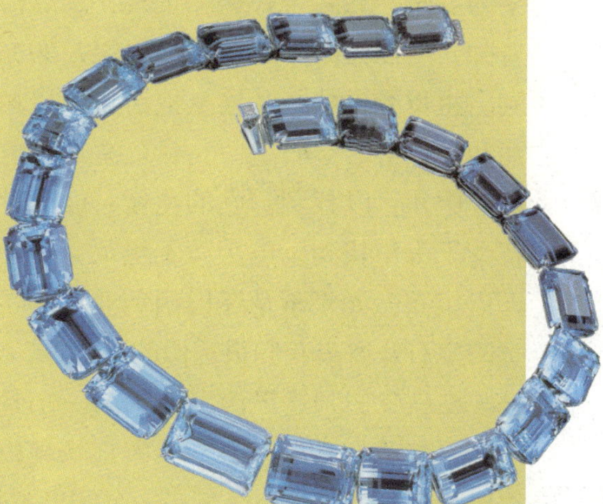

海蓝宝石

卖宝石的小老头
有三寸不烂之舌

小老头装宝石用的小汽车，
后备箱里装满了宝石

如同风平浪静的日子里的热带海洋，有着无与伦比的色泽和透明度，仅色调就有35种以上，全世界百分之九十的海蓝宝石均出自巴西。海蓝宝石代表着和平与安宁，意味着好运和正气，是航海家喜欢的护身符。祖母绿的名贵世人皆知，透彻洁净的绿色折射出深邃的光芒，让人过目难忘，象征着勇气和胜利。祖母绿也曾经是埃及艳后克莱奥帕特拉的最爱。而帝王玉是世界上最美丽和最稀有的宝石之一，目前全球只有巴西的米纳斯热赖斯州一个正在开采的矿中才可以找到。它的亮度可以和钻石媲美，太阳光中的所有色调都可以在帝王玉中找到。电影《泰坦尼克号》中女主角佩戴的宝石项坠就是巴西的海蓝宝石。如果不是在巴西利亚遇到了卖宝石的小老头，我们会感觉这种昂贵的宝石好像离我们很远似的。

早晨我们到达巴西利亚的第一个景点陆军广场参观，因为起得较早，广场上仅有我们几个人，从陆军广场博物馆出来后，远远见到我们的面包车旁边停了一辆银色的小汽车，一个60多岁长得胖敦敦、面孔和善的巴西小老头微笑着站在那里，胸前还戴了一枚北京奥运的福娃胸章，看到我们到了车跟前，他主动上来打招呼，说的竟然是汉语："你好！北京！看看宝石。"当然他的发音全部是四声调。他边说边从小轿车的后备箱里拿出一个像笔记本电脑一样大小的扁盒子，打开盒子，里面摆满了各种海蓝宝石、碧玺等宝石项坠和戒指，老头边拿东西给我们看边说："买吧，买吧！变一变一（便宜的意思）。"汉语单词用得恰到好处。

我们都被老头认真劲儿给逗乐了，一打听价格，比同行的高先生在圣保罗买的海蓝宝石便宜多了，而且老头宝石盒里的宝石品种多，样子也不错，同行的几个人立即来了兴趣，忙问导游邓女士宝石是不是真的。邓女士看上去就是那种特有知识和文化的人，在国内曾经是某省农业大学的老师，因丈夫在巴西利亚大学执教她也跟随着到了巴西，虽然生活无忧，但却热衷于当导游，一来是可以经常看到国内来的人，二来还可以增加收入，减少在异国他乡的寂寞。邓女士认真地看了看那些宝石后，对我们说：这些宝石肯定都是真的，这个老头是自己到100多公里外的宝石矿上拿的货，价格肯定比商店里的便宜，他只是出点儿力从中挣点儿差价，而且巴西人是不会骗人的。老头也不失时机地向我们推销，一个劲地说"买吧买吧，变一变一的"。这个老头外表给人一种特别憨厚的感觉，加上一脸的真诚，而且价格便宜，几个回合下来，同行的安先生就首先花了800美元买了一个漂亮的海蓝宝石的项坠，接着史先生也买了一个200美元的宝石，高先生也不甘示弱买了一个碧玺（颜色泛黄的一种宝石）。巴西老头看我们几个人买了，哪肯轻易放过我们？看我们要走了，硬是挤在车门口不肯走。他又从后备箱里拿出一个更大的盒子，从里面拿出更大更好的宝石和戒指让我们买。因为我们急着赶往下一个景点，就上了车，他看我们要走了，把装首饰的小红包一个劲地往坐在前排的安先生怀里扔，边扔边说：买吧买吧，送老婆、送二奶、送小秘。最后想了半天又说：送领导！对中国的风情真是了解甚多，逗得大家哈哈大笑，大家就又和他讲价，他说1000美元，我们就一起说800，他说800美元，我们就说250美元，后来果然是越说越便宜，最后安先生经不住他的软磨硬泡又买了两个裸宝石。只一会儿工夫，卖宝石的小老头就收到上千美元了。给我们开车的司机和邓导并不阻拦老头，还非常有耐心地陪着我们，任由老头和我们讨价还价……车门终于关上了，老头有些遗憾地看着我们的车开走了，我们都说这个

看他手中，最后一块宝贝拿出来了，要是真拿这么大的钻石上街不被打劫才怪呢！

老头今天足以够本了，可以快乐地去喝酒了。

下一站我们到一个建筑风格独特的小教堂参观，刚从教堂里出来，远远的就看见那个卖宝石的小老头满脸笑容地站在我们的车旁，手里又换了一个新的箱子，他的车也停在我们的车旁，只是他的身边还多了一个胖小伙子，这个胖小伙子骑着一辆摩托车，很显然实力不如这个小老头。原来小老头一直跟着我们，但出发时我们明明看到小老头正在和一些新来的游客说话来着，这么快就追上我们了？我们看到小老头一脸和善地等着我们，觉得他真是太有意思了。大家就像见到老朋友一样，主动上前和他打招呼，小老头看到我们也仿佛看到了老熟人一样，他还是那句："你好，北京。"接着，小老头又耐心地打开手里的大箱子，并不在乎我们买不买，只自顾自地介绍他的宝石。这次箱子里面的宝石琳琅满目，品种繁多，真可谓宝石大荟萃。因为我们还有许多景点要去，再加上大家已经买了许多的宝石，就不想与他拖延时间，客气地与他打过招呼就要上车走路，结果老头却拉住安先生的手不让他走，把宝石往安先生的怀里放，还一个劲的：1000美元，买吧买吧，变一变一。安先生无奈地开玩笑说：500美元两个，其实并不是真想买。老头一开始并不答应，反复几个回合，看我们真的要走了，老头下定决心似的说：500美元两个，给你！结果让老头一顿忽悠，安先生又掏出500美元买了两枚海蓝宝石项坠。

中午吃饭的时候，我们下车时没有看到卖宝石的小老头，大家还开玩笑说，现在他应当在哪里高兴地喝酒了吧。中午我们也美美地吃了一顿正宗的巴西烤肉，喝了正宗的巴西啤酒，还边吃边拿那个卖宝石的小老头说事，大家觉得那个小老头真的挺好玩。结果我们午餐之后刚从饭店里出来，就远远地看到卖宝石的小老头和那个胖小伙子站在我们的车前，老头依然是一脸和善的笑容，还远远向我们招手致意，仿佛见到了久违的老友，那份自然和亲切真让人可亲。可能是大家吃饱喝足了脑子供氧充足，一想到上午他卖给我们那么多的宝石，感觉他1000美元一枚的宝石最后卖到500美元两枚，这价格有点儿让人生疑。这一次，大家什么也没买就关上车门上车走了，当时我们就纳闷：我们并没有看到他跟在我们的车后面，为什么我们到哪他也就会到哪啊，这老头他是怎么找到我们的，会不会是司机与他认识给他打电话呢。

卖宝石的小老头胸前戴着北京奥运会纪念章

下午参观著名的三权广场，我们自由活动照相时，看到老头也早已在我们之前到了三权广场。他和那些做生意的小贩们聊着天，离我们不远不近的，并不打扰我们，耐心地等我们都照完相，看我们人快到齐了，才又微笑着朝我们走来，这一次老头没有再拿他的小箱子，而是从怀里摸出一块拳头大小的铁锈色的大宝石，我们一看他拿出那么大的宝石，全都哈哈大笑了，他真是有点石不惊人死不休啊……同伴还装模作样地接过宝石在太阳底下照着察看着。这么大的宝石如果是真的，那他还卖什么宝石呀？

这一路下来，小老头跟着我们，使着各种计谋，可是我们再也不会买了……从早晨9点到下午5点，这个老头陪着我们到了巴西利亚的每一个景点，还有无论我们到商店、小区、景点、广场、饭店，他都能不失时机地出现在我们的面前，每一次都耐心地等待着我们，憨厚地笑着，真诚地说着“买吧买吧，变一变一”，一副锲而不舍的样子。到了最后一个景点时已近黄昏了，他看我们真的不会再买他的宝石了，就向我们提出了一个要求，要求我们送给他一个中国的纪念品。只可惜我们的礼品都放在了酒店里了，感觉真有点儿对不住他似的。

这个卖宝石的小老头跟随我们整整一天，挣了我们好几千美元，收获甚丰。如果他在第一站看到我们不买就主动放弃跟随我们，他又怎么能挣那么多钱呢。虽然我们买了他许多宝石，还让他挣了我们许多钱，但是奇怪的是，对这个卖宝石的小老头，我们却没有丝毫的厌烦，一路上反而被他的热情和可爱的认真劲儿逗得十分开心，他使我们劳累的旅程增加了一缕快乐的气息。

我想起下午大家逛书店时，我因为太累就坐在车上等他们，结果我发现给我们开车的司机和一个人正用对讲机通话，凭直觉我突然觉得司机是在给卖宝石的小老头打电话，但是他们说的葡萄牙语我根本听不懂，不过听声音感觉是卖宝石的小老头。仔细打量那个小伙也长得和老头有几分相像，一想到今天我们无论走到哪里，卖宝石的小老头准能及时地找到我们，我想肯定是司机告诉他的，再说无论老头怎么堵在车门口纠缠我们，怎么耽误时间司机也从不恼，而是耐心地坐在方向盘前一言不发地等待，微笑着看着我们。

后来大家买书回来后，司机就把电话关掉了。晚上吃饭的时候，我就把我的想法和大家说了，结果大家说，不觉得司机和老头有什么，倒是觉得导游邓女士值得怀疑，大家想起来，早晨出发时邓女士还说要领我们到宝石店里买宝石，但一天下来她也不提此事了，而且她还保证说老头卖的宝石是真的，应当是导游和老头认识吧。而且邓女士陪了我们一天，并没领我们购物，她也一样的热情，没有一点儿不高兴，这是不是有些不合常理？大家越来越感觉导游邓女士可能就是和那个老头一伙的。

谁知道呢，只有卖宝石的小老头和导游邓女士知道真相了。

在巴西利亚，我们感觉到了尼梅耶大师的伟大，亲眼看到了伟大的建筑作品，亲身感受到了巴西人的热情奔放，不管邓导也好，那个纠缠着我们却不会让我们有丝毫厌烦的卖宝石的小老头也好，巴西利亚让我们不舍离去。

再见了，美丽的巴西利亚。

再见了，卖宝石的小老头。

伟大的尼梅耶

奥斯卡·尼梅耶（Oscar Niemeyer），也有称尼迈尔，是目前世界上最年长也是最伟大的建筑设计师，已经过完了他100岁的生日。这个永远充满激情、充满朝气的具有超凡才华的老人，用他充满传奇的设计使巴西利亚成为人类历史上最年轻的文化遗产，成为巴西人永远的光荣与骄傲。

对于我们搞建筑的人来说，到了巴西不去看看尼梅耶大师的作品，就等于没有真正到过巴西。

2007年，尼梅耶生日当天，法国新科总统萨科齐向尼梅耶送上一份特别的生日礼物，授予尼梅耶大师法国荣誉勋位团勋章。这不仅是因为尼梅耶大师曾于2003年为伦敦的本特画廊设计了4个临时展厅和休息亭，其实他与法国有着很深厚的缘分。尼梅耶大师曾经在法国居住过很多年，他把法国称为自己的第二故乡。

本来我们最早的旅行设计路线中没有巴西利亚，但是由于对建筑的热爱和对尼梅耶大师的景仰，再加上我们身为建筑设计行业中人，我们毫不犹豫地取消了亚马孙河漂流、印第安人部落探险等惊险刺激而又充满乐趣的项目，专程拿出两天的时间，改道巴西利亚，欣赏大师的魅力和作品，亲自感受尼梅耶大师的伟大，亲自领略和体会21世纪最伟大的建筑带给我们的视觉冲击和心灵震撼。

尼梅耶被喻为21世纪最伟大的建筑设计师之一，他从童年时代开始就非常喜欢建筑艺术，但由于家境贫寒，小时候他只好到父亲的印刷车间工作。他边工作边学习，最终如愿地考进了巴西国家美术学校建筑设计专业，并于1934年毕业，成为一名建筑设计师。刚刚毕业的尼梅耶不顾家庭生活困难，为了自己热爱的事业，毅然选择无偿到巴西著名的建筑设计师卢西奥·科斯塔和卡罗斯·莱昂开设的“工作室”打工，开始了自己的建筑设计生涯。正是从那时起，尼梅耶开始一点

尼梅耶大师的签名

点地对周围千篇一律的建筑设计感到厌烦，这个充满才气的年轻人，怀揣着远大的理想和宏伟的志向，并且相信有一天能够通过自己设计的新颖而独特的优秀建筑作品，改变人们的观念，因为他坚信，建筑也可以改变世界。

奥斯卡·尼梅耶的设计理念始终追求一个新奇，他说，我就是要设计出与众不同的建筑，设计出让人叹为观止的建筑。他说到做到，当然，支撑他不断创新的一个源动力，就是他源源不断的激情。虽然如今的尼梅耶大师已过百岁，但他仍然坚称自己充满活力，这也是他长寿的秘诀。

1937年，“卢西奥·科斯塔和卡罗斯·莱昂工作室”应邀负责位于里约热内卢的巴西教育和卫生部办公大楼的设计工作。这是一座当时在巴西少有的具有现代风格的大型建筑物，它的设计汇集许多世界各地著名的设计专家，其中包括勒·柯布西耶。尼梅耶当时被任命为勒·柯布西耶的绘图员，这是他一生中首次正式参与建筑物的设计工作。

上世纪30年代末，正当欧洲和美国积蓄自己的实力备战第二次世界大战之时，巴西人却大搞土木建设，使尼梅耶有了千载难逢的施展才华的大好时机。他设计了一大批颇具特色的建筑，大胆而新奇的设计风格使他一举成名。

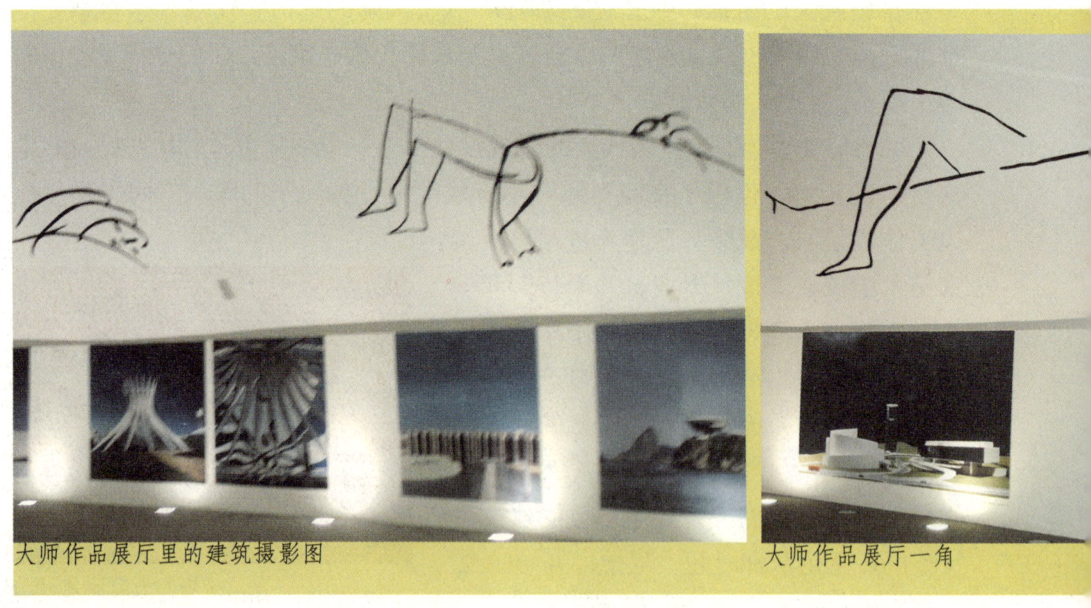
大师作品展厅里的建筑摄影图

大师作品展厅一角

尼梅耶的设计大胆，思路开阔，敢于打破传统，他赋予建筑以全新的理念。他抛开传统的观念，还建筑设计以多元的含义。他为巴西设计的第一座现代化教堂——圣弗朗西斯科德阿希斯教堂，打破了传统宗教意义上的教堂建筑理念，舍弃了高高向上的教堂屋顶设计，以波浪式起伏的屋顶设计，取代了传统的尖顶教堂设计，没有了锋芒，却蕴含了诗意与神秘。这是他第一次大胆而新奇的设计。在西方这样上帝至上的社会，这样的设计无疑是一种挑战，许多保守主义者对这座现代化教堂进行了指责，甚至有媒体认为现代建筑风格和装饰不适合庄重的教堂，天主教人士甚至拒绝在此教堂里做弥撒。但是，尼梅耶并没有放弃自己的设计风格，他顶着压力，又于1958年为巴西新首都设计了更为现代化的巴西利亚主教堂，这座犹如玛格丽特女皇的皇冠一样的建筑，以它十六根竖起的洁白立柱骄傲地伸向空中，带着上帝的福音，矗立在巴西利亚的蓝天之下，成为这座最年轻的世界文化遗产中一颗耀眼的明珠。

尼梅耶获得了巨大的成功，但他的政治立场也使他付出了代价。1964年巴西军政府上台，信奉共产主义的尼梅耶受到了一系列的压制和打击。由他主

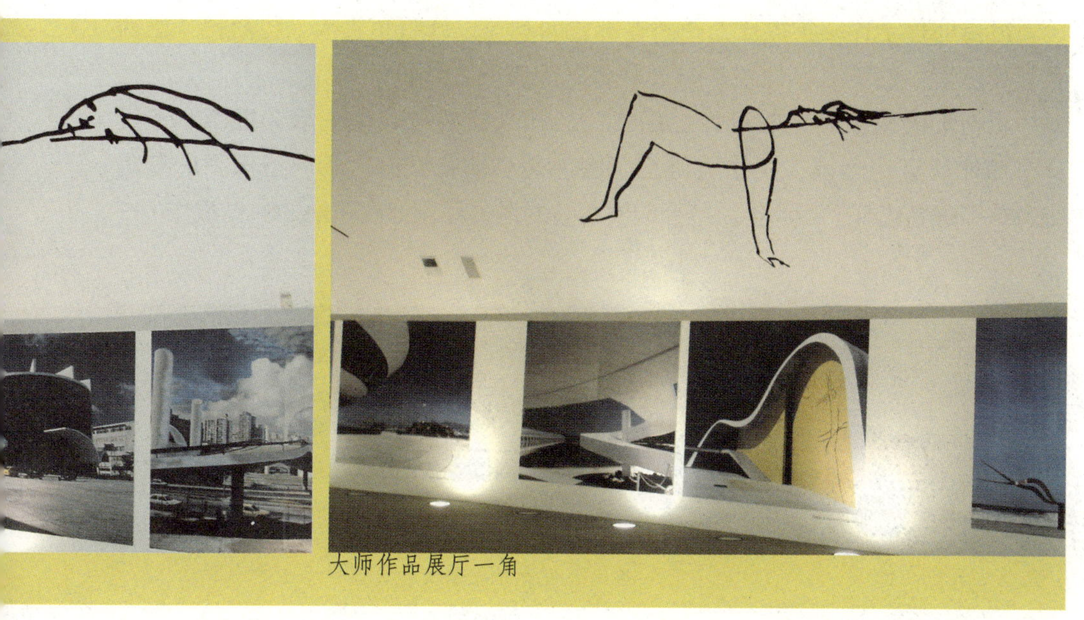

大师作品展厅一角

尼梅耶设计的圣弗朗西斯科德阿西斯教堂

巴西利亚大教堂

办的杂志被停刊并关门，由他设计的建筑方案被统统取消……无奈之下，尼梅耶迁往法国，从此在那里居住并第一次在国外开办了自己的设计室。尼梅耶的才华和独特的设计理念，非常符合浪漫的法国人以及西方国家的品位，没有多久，尼梅耶就在法国出名了，同时他以法国为基地，开始将设计的触角伸到了更广阔的地域。他先后为法国、意大利、阿尔及利亚等国设计了阿尔及尔的君士坦丁大学、米兰的蒙达多里出版社大楼、海牙的文化之家、迈阿密的贸易中心大楼等许多大型建筑物，这个阶段成为他创作的重要时期，他的作品几乎遍布世界。进入80年代中期，巴西国内政治形势逐渐好转，在法国生活了二十多年的尼梅耶重回巴西。

尼梅耶曾于1958年担任巴西新首都巴西利亚设计组负责人，也获得“巴西利亚建造者”的美名。他还参与过联合国大厦的设计。

尼梅耶的成就和他的设计已经成为巴西人的骄傲，他先后为巴西利亚设计了库比切克纪念馆、民主英雄纪念塔、著名的桑巴舞广场、圣保罗的拉美纪念馆等著名建筑。1989年，已经89岁高龄的尼梅耶设计出了他的旷世杰作——

印第安人纪念馆　　圣保罗伊比拉布普艾拉公园的会议中心

国会大厦前代表民意的碗

尼特罗伊现代艺术博物馆。这座博物馆建成后，让巴西人感到遗憾的是，馆内众多的艺术品与如此完美的建筑物相比黯然失色。

尼梅耶的第100个生日是在位于里约热内卢的“卡诺阿之家”中度过的，这处住所是由他自己亲手设计建造。面对一生中的辉煌成就，这位传奇老人却非常的谦虚，他说：“我只是一个普通人，没什么特别的。”他不无幽默地说，“我也不知道自己怎么活了这么久。”

1988年，尼梅耶荣获建筑界最高奖——普茨克奖。已过百岁的尼梅耶仍保持着充沛精力和创作激情。尼梅耶常常同时参与几个甚至十几个方案的设计，同时他设计的作品也在不同的国度和地区开工建设。尼梅耶的建筑设计理念以清新优美的曲线感著称，灵感来自于女性和大自然，打破了传统建筑方方正正的格局。当问及他创作的源泉从哪里来时，他充满自信地说：“我的灵丹妙药就是不相信自己老了。我想象自己40岁，并且按40岁的方式生活下去。”

尼梅耶认为，生活比建筑更重要。

国会大厦前的水景设计

世界上最年轻的历史文化遗产

巴西首都巴西利亚（BRASILTA）始建于1956年，是一座年轻的现代化城市，位于巴西东南部巴西高原中央，阿尔托山之南，海拔1161米，东距大西洋1000千米。新都所在的联邦区直辖于中央政府，面积5814平方千米，人口120万，其中35万住在市区，85万住在8个卫星城。当时，以发展主义著称的总统儒塞利诺·库比契克力图带动内陆地区发展及加强对各州的控制，遂耗费巨资，在当政期间，于1956年至1960年，用41个月的时间在一片荒野上建造起

三权广场上的雕塑

来一座现代化新城市。1960年4月21日新都落成，当时城市只有十几万居民，据称当时的国家机关、政府机构的公务员都不喜欢搬迁到一个新城市办公。

这个经过三年多时间在一片荒野上建造起来的新首都，处处洋溢着现代的气息，城里不见古迹遗址，也没有大都市的繁华与喧闹，但其充满现代理念的城市格局、构思新颖别致的建筑以及寓意丰富的艺术雕塑，使这座新都蜚声世界。这个当时只有十几万居民的新城如今已经成为上百万人口的大都市。

巴西历史上的两个首都萨尔瓦多和里约热内卢，都是古老的海滨城市，城市人口众多，交通拥挤，车辆喧嚣，工厂众多，污染严重，很难进行改造和治理。为此，巴西政府决定在内地寻找一块有利于发展的土地建立新都，最后选定了巴西利亚作为新都地址。

巴西利亚在建都之前，为了很好地规划和建设新都，巴西政府在全国举行了一次城市规划设计比赛，规划设计师路西奥·科斯塔的作品获得比赛第一名，并被巴西政府正式选用为新首都的规划设计方案。科斯塔的作品充满了才华，其设计灵感是从十字架上获得的。规划方案中的十字是将两条主要干线交叉在一起，要符合巴西利亚的地形，把其中的一条变成弯弯的弧线，十字架就变成一架大飞机的形状。总统府、议会、最高法院环绕在三权广场，各占北西南三个方向，政府的20多个部所在的火柴盒式大楼有十几层高，以统一的建筑风格沿干线公路两侧而立，这些行政机构的建筑看上去像飞机的机头，机身由EXAO车站大道和绿地组成，左右两边为南北机翼，由商业区和住宅区组成，宽阔的车站大道又把城市分为东西两边。南北翼有许多像豆腐块似的正方形住宅区，每两个“豆腐块”之间就有一个商业区。所有街道没有名字，只用3个字母和3个数字来区分，如SQS303，前面两个字母是地区简称，最后1个字母

国会大厦一侧

国会大厦前的抽象雕塑

指南北方向。

我们在导游的指引下，登上位于机尾、高达数十米的电视塔，站在数十米高的电视塔平台上往远处看，城市优美的飞机造型规划让人眼前为之一亮，这真是举世无双的设计啊。

国会大厦是全国最高的建筑物，它由两座呈H型的28层高楼并列组成，左侧的众院是一座白色碗口朝上的碗形建筑，意思是广采众议；右侧的参院是碗口朝下的白色碗形建筑，意在把众议院搜集起来的人民大众的意见由碗口朝下的参议院加以研究并予以采纳。国会大厦两侧的马路各有7排道的双向车道，中间隔着宽阔的广场，这些道路直通机尾处的州际公路，算是世界上最宽的马路了。

巴西利亚不仅规划设计方案别具一格，就连主要建筑物国会、总统府、最高法院、外交部、司法部、总统官邸、大教堂等，都充满了个性和特点。这些建筑物由建筑设计大师奥斯卡·尼梅耶设计，其共同特点是线条简单大方，少有修饰，大气而庄重。这些建筑与周围的水池设计融为一体，建筑色调均为白色，简洁而明快，在蓝色的水池映衬下，既体现了建筑之阳刚，又体现了水之柔美，可谓相得益彰。建筑四周支柱均呈立式几何三角板形，别具一格。

电视塔上俯瞰城市规划

水池是庭院设计师布雷·马克斯的设计，他的设计颇具匠心：外交部大楼的水池里设计一座白色大理石雕刻，司法部水池前设计几道瀑布，国会后面的水池养了几只黑天鹅，使严肃呆板的行政机构添加了一些活泼气息，使建筑、环境融为一体。巴西利亚的许多建筑物设计粗犷开放且与环境融为一体，在足够钢筋的加固下，利用混凝土的表面形成相当丰富的纹理，不做其他饰面，反映出清水混凝土的美感。

巴西利亚气候宜人，四季如春，大片的绿地和人工湖围绕城市，使人倍感身心愉快。巴西利亚人均绿地100平方米，是世界上人均绿地最多的都市。巴西利亚的发展受到政府严格的控制，城市建设和发展严格按照城市规划设计进行，商务区、游乐区、住宅区等界限分明，不可随意安置。为保护“飞机”形状不被破坏，城内不准建新住宅区，居民尽量分布在城外的卫星城里居住。主干道两旁布置着

国会大厦内免费提供的明信片，巴西利亚从这里走向了世界

象征公平与正义的国会大厦，左右是一正一反的两个碗

长方形的居住街区。每一街区内有高层、多层的公寓以及商店等设施，布置格式基本统一。城市两条主轴线的交汇处，有一座4层的大平台，在不同层次上形成立体交叉道口，以疏导各个方向的交通。在这里设立全市的商业中心、文化娱乐中心，公共客运也大多在这里转站换乘。

国会大厦两院会议厅各有1200个坐席，均有藏书数十万册的专用图书馆。巴西人自豪地说，这是“世界上最大的议会建筑”。公民可以自由进入大厦参观，也可以入公众席旁听，有什么意见，可以委托议员代为发言。

巴西利亚从落成至今，仍然保持当初的规划特色，巴西利亚都市建设不仅解决了原首都拥挤不堪的局面，还把繁荣和现代化的理念带到了原本相对封闭的巴西中西部，贯通了南部与北部，带动了整个国家一起发展进步。可以说，巴西利亚新都的建设，是人类迁都历史上最成功的范例。世界上也少有像巴西利亚这样经过全面规划设计后建成的首都。1987年12月7日，巴西利亚被联合国教科文组织确定为“人类历史文化保护遗产”，成为在众多璀璨辉煌的世界人类文化遗产中最年轻的一个。

巴西的另一张面孔

如今的巴西早已过了建设的高峰时期，仿佛一个壮实而冲动的小伙子终于成熟了一般，不再像年轻时那样充满激情和干劲，而变得更加的沉稳和庄重，但那些建设高峰时期的建筑至今看来，仍然充满了活力，为人们所称道。

现在巴西的建筑以七八十年代经济繁盛时期的建筑为主，如今大多已经半新不旧了。但伟大的建筑永远都是不朽的。虽然巴西的城市建筑中也有庸俗化的板儿楼、成片的千篇一律的住宅群等，但建筑质量很高，而且公共建筑建设往往独具匠心，色彩搭配、建筑外观以及线条感非常强烈，看上去很有艺术感。

巴西的餐厅和酒吧比比皆是，因为巴西人继承葡萄牙人的传统，很讲究吃，而且由于移民类型多，所以餐厅类型也相当丰富，再加上巴西天然的气候，物产也特别的丰富，各种美食荟萃，甚至超过欧美国家，简直就是美食者的天堂。

巴西人爱享受，不爱储蓄，喜欢挥霍，推崇欧美日韩名牌。巴西人的消费力特别强，虽然气候宜人，但是商店里的皮草一样受美女们的欢迎，听导

一家博物馆建筑外观

游说，那些买了皮草无处招摇的美女们，只好在家或者在聚会的场所开着冷气穿着皮草开Party，真是让人忍俊不禁。

当然在伟大的建筑背后，还有巴西两极分化的贫富差距。无论是在经济中心圣保罗，还是在美丽的海滨城市里约热内卢，随处可以看到密密麻麻聚集的贫民窟。虽然巴西的富人非常多，在机场或者在某金融大厦的楼顶上，到处都可以发现私人行政专机和各种直升机，但穷人也非常多。不过，在巴西的穷人活得也非常快乐，因为有很高的福利，他们生活也不错，休假的时候，他们和富人一样，也躺在海边晒太阳，虽然他们口袋里没有几毛钱，但这并不影响他们享受阳光和大海，在这一点上，他们享受和富人一样的特权。

巴西人大多信奉天主教，罗马教皇的照片在很多媒体上都能看到。也许活力四射的巴西人天性浪漫，因此，巴西的教堂也与其他国度的不同，充满了浪漫气息，几乎所有新的教堂建筑都有别于西方式的古典建筑风格，形成了自己的特点，仿佛教堂不是洗礼和深思的地方，也不是和上帝对话倾听上帝福音的地方，而是聚会和狂欢的场所，不仅外表看上去大气而清新，甚至里面也没有一点儿沉重和压抑的束缚。

巴西以葡萄牙人后裔为主，兼有黑人与印第安人，总体上而言，巴西人的整体素质与个人气质都特别的好，巴西的黑人身材匀称健壮，彬彬有礼，

巴西利亚陆军广场上的雕塑和博物馆建筑

看上去都特别的精神，女人也都特别的性感迷人。

巴西是移民国家，历史上就吸收了不少中国移民，许多知名人士都曾经在巴西居住过，如张大千先生。里约热内卢的华人社区比较有代表性，成为里约华人的中心区。与比比皆是的韩日品牌比，中国商品在巴西很少见到。

由于巴西四季不是很分明，而且日用品、服装服饰等商品基本饱和，所以为了刺激消费，吸引更多的人买东西，几乎所有的商品都可以分期贷款购买，小到一双鞋、一盒化妆品，大到电视、汽车，都可以贷款。因为巴西人非常讲信誉，没有钱的人即使贷款了也还不起，因此，贷款刺激消费的举措效果不大，商店里成堆成排的衣服摆得到处都是，而真正掏钱买的人却很少，商店里大多是外来的游客，购买商品的主力也是外来游客。

我在巴西的大街上、公共场所以及商店里很少看到衣冠楚楚的男人和着正式装的女士，除了在办公场所和国家机构里，很少有人穿戴正式地走在街上。 走在巴西的街头，仿佛置身于一个放大假的国度里，到处都是自由而散漫的享乐者。

陆军广场博物馆建筑外形犹如钢琴的键盘

音乐厅里面的雕塑

一家音乐厅

咖啡飘香

巴西国名为巴西联邦共和国(The Federative Republic of Brazil，República Federativa do Brasil)，是拉丁美洲面积最大的国家，约851万多平方公里。巴西位于南美洲东南部，北邻法属圭亚那、苏里南、圭亚那、委内瑞拉和哥伦比亚，西邻秘鲁、玻利维亚，南接巴拉圭、阿根廷和乌拉圭，东濒大西洋。全国海岸线长达7400多公里，国土80%位于热带地区，最南端属亚热带气候。

巴西人口约1.9亿，居拉美首位，其中白种人占54.03%，黑白混血种人占40%，其余为黑种人、黄种人和印第安人。巴西官方语言为葡萄牙语，70%以上的居民信奉天主教。

巴西国旗呈长方形，旗地为绿色，中间是一个黄色菱形，其四个顶点与旗边的距离均相等。菱形中间是一个蓝色天球仪，其上有一条拱形白带。绿、黄色是巴西的国色，绿色象征该国广阔的丛林，黄色代表丰富的矿藏和资源。天球仪上的拱形白带将球面分为上下两部分，下半部象征南半球星空，其上大小不同的白色五角星代表巴西的26个州和一个联邦区。白带上用葡萄牙文写着“秩序和进步”。

1988年10月5日颁布的新宪法规定，总统由直接选举产生，取消总统直接

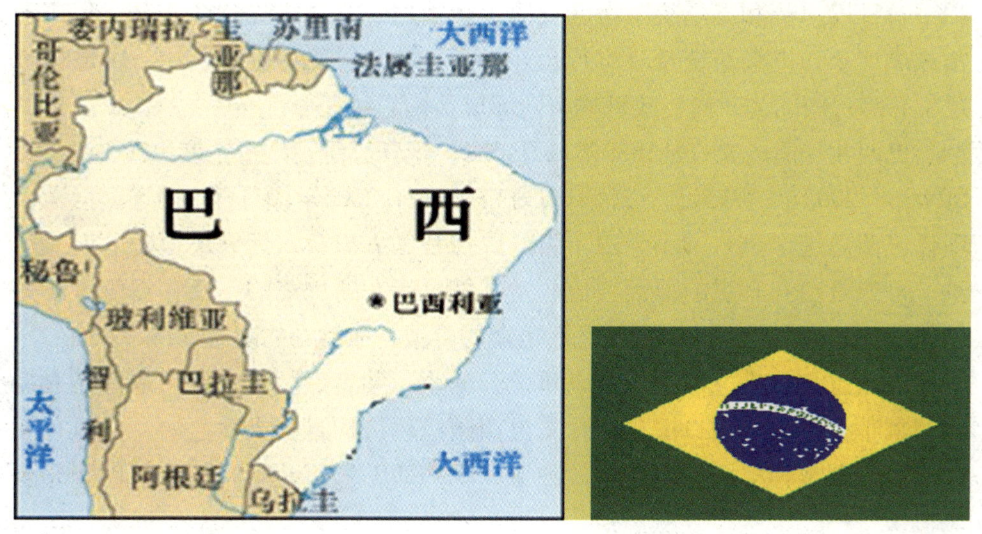

与总统府前的值勤警察合影

颁布法令的权力。总统是国家元首和政府首脑兼武装部队总司令。1994年和1997年议会通过宪法修正案，分别规定将总统任期缩短为四年，总统和各州、市长均可连选连任。国民议会由参议院和众议院组成，行使立法权，为国家最高权力机构，主要职能是制定一切联邦法律，确定和平时期武装力量编制及兵力，制定全国和地区性的发展计划，宣布大赦令，授权总统宣布战争或和平，批准总统和副总统出访，批准或撤销总统签署的临时性法令、联邦干预或戒严令。审查总统及政府行政开支，批准总统签署国际条约，决定临时迁都等等。内阁为政府行政机构，内阁成员由总统任命。

巴西共和国成立日是1889年11月15日，现任总统卢拉·达席尔瓦(Lula da Silvaz)，2002年10月当选，2003年1月1日任职；2006年10月再次当选。据说，现任巴西总统学历只有小学四年级，曾经是工人出身，后来还担任过工人领袖，可能是出身底层的原因，他非常了解巴西普通民众的生活和需要，极力地保护普通民众的利益，很受巴西民众的爱戴，他领导的政府支持率很高。

巴西也是咖啡之国，咖啡以质优、味浓、纯美而驰名全球，是世界上最大的咖啡生产国和出口国。咖啡是巴西国民经济的重要支柱之一，全国有大大小小的咖啡种植园50多万个，种植面积约200多万公顷，从业人口达600多万人，年产咖啡200多万吨，年出口创汇近20多亿美元。巴西人酷爱咖啡，宁可不吃饭，也要喝咖啡，大街上四处可见装修各异的咖啡屋，空气中到处飞扬着咖啡的香浓气息，游客随时随地都可以喝到浓郁、芳香、地道的巴西咖啡。

巴西利亚议会里有各个省府的旗帜

说到咖啡，想起一件非常有趣的事情。在巴西利亚，导游曾经和我们说，很多巴西人不会算账，售货员一般只会算加法，连基本的乘除法都不会。怎么会呢，这也太笨了吧？临离开巴西利亚之前，导游带我们去一家超市买咖啡。同行的高先生看好了一种品牌的咖啡，无论包装还是价格都非常满意，而且之前也喝过，的确是非常的好喝，我们就决定买这种品牌的咖啡。高先生问了一下包装，一箱24盒装，于是高先生就搬了一箱咖啡到收款处结账，按照在国内的结算习惯，还顺便单独拿了一盒，便于算账。收银员是一个奶油加咖啡肤色的美人。只见美人收银员打开包装箱，把里面的咖啡一盒一盒拿出来扫条码。一开始我们以为她扫一盒就行了，结果她把箱子里的咖啡全部拿出来扫，高先生立即叫来导游，让导游告诉收银员扫一个乘以24个就行了，为什么要费力地一个一个地扫？导游就让收银员用1乘以24就OK了。结果漂亮的收银员瞪着美丽的大眼睛，冲着我们和导游一个劲地说："NO！NO！"好像看到怪物般地瞪着我们，结果还是按她的办法，从头到尾地把箱里的咖啡一个个地扫了一遍，再一个个地装进箱子里，并耐心地重新打好包装。

本来我们每个人都想买一箱咖啡，但是看到收银员忙来忙去的，又开箱又收钱又打包装地浪费了好多时间，再加上收款台前已经开始排起了长长的队伍，许多巴西人推着小车站在远处看着我们，如果我们每人再买一箱，得忙乎一上午，我们便不好意思再买了。离开超市时，漂亮的奶油咖啡小姐还冲着我们一个劲友好地笑着，挥手再见，真让人哭笑不得，就这样的脑子还敢到超市里收款？老板的脑子是不是进水了？真是让我们大开眼界！

爱上巴西利亚

巴西利亚不见古迹遗址，也没有大都市的繁华与喧闹，但其恢弘气派充满现代理念的城市格局，构思新颖寓意丰富的艺术雕塑，线条流畅别致大气的现代建筑，充满个性的城市风格，不仅使这座现代化的新都蜚声世界，也给我们一行留下了深刻的印象。巴西利亚，真是不虚此行啊！

巴西利亚的许多建筑设计粗犷开放，大气浑厚，在保持独特个性的基础上，又能与环境融为一体。这些特色建筑在足够钢筋的加固下，利用混凝土的表面形成相当丰富的纹理，不做其他饰面装饰，以建筑原始的姿态去映衬出清水混凝土的最质朴的美感。在当下建筑行业越来越讲究包装的时代，这种质朴的几近原始的建筑风格已经越来越少了，在外表粗犷的表象下，其实是建筑个性最真实的体现，这些建筑语言更好地表达了建筑的内涵，巴西利亚成为历史上最年轻的文化遗产便是足证。

我们在巴西利亚几乎看遍了所有尼梅耶大师的作品，同时对那些不知名的建筑师的作品也都一一看过，还参观了众多风格各异的博物馆，虽然行程匆匆，起早贪黑，却感觉收获颇丰，仿佛品尝到了建筑的饕餮大餐，回味无穷。

巴西利亚大教堂是尼梅耶大师的代表作，其充满艺术美感和个性十足的建筑语言，令我们这些建筑业同行赞叹不已。再加上建筑所处的位置在一个

巴西利亚大教堂内顶部

三权广场上的象征公平和自由民主的女神像

广场上，这样教堂便拥有了一个广阔的展示空间，方便了游人从远处欣赏。而远远看去，巴西利亚大教堂犹如女皇头上的皇冠，高贵无比。巴西利亚大教堂与传统的欧洲教堂不同，没有通常的高尖屋顶，16根抛物线状的支柱支撑起教堂的穹顶，支柱间用大块的彩色玻璃相接。而教堂主体则坐落在地下，有一段坡形路通道伸入教堂的地下，人们可以从那里进出。进入教堂里面，更是让人感觉富丽堂皇，整个教堂里面的彩色壁画，在阳光的照射下五彩缤纷，绚丽无比，仿佛天堂里的美景就在眼前，教徒和游客们都静静地坐在那里，默默地与上帝对话。

那一瞬间，我仿佛听到了上帝的福音，在上帝面前，我的心灵深处有了某种虔诚的祝福，为亲人，为朋友，为所有善良的人们祝福。

这座自由女神雕塑位于巴西利亚的巴西联邦最高法院。大楼前的人像雕塑手握利剑蒙目端坐，象征法律面前人人平等。这座雕塑几乎成了游客的最爱，我想除了雕塑本身的美感以外，更重要的是人们内心都有一种渴望生活在平等自由环境之中的心愿吧。

据说，这座著名的雕塑是出自法国人之手，是为纪念法国工人而设计的，它留给人们的是无尽的想象空间。

为了给巴西利亚的城市补充水源，同时为了缓解在旱季城市的空气干燥

库比契克大桥被称为世界上最美丽的大桥

问题，调解空气湿度，巴西规划大师卢西奥·科斯塔根据巴西利亚以东的丘陵地形等地理环境和条件，筑坝截住帕拉诺阿河等几条主要河流的河水，逐步开发建设成一个环抱巴西利亚周长达80多公里、面积达46平方公里的人工湖泊。这个取名为帕拉诺阿湖的人工湖，已经成为巴西利亚的一个著名的景点，也是巴西人休闲度假的最佳场所。这里水天一色的奇妙景观，虽是人工湖却仿佛天作之美，自然，大气，与自然景观浑然一体，不仅美化了城市，对防止洪涝灾害也起了重要作用，同时还促进了当地经济社会的发展。人工湖上的这座取名库比契克的大桥，是用前总统的名字命名的，2004年被世界桥梁协会评定为“全世界最美丽的大桥”。大桥线条简洁流畅，远远看去，这座呈波浪形组合的大桥，仿佛三条优美的弧光划过天际，在湖水的映衬下，又如正在飞翔的大雁，动感十足，给人以很美的视觉享受，使原本平静无奇的湖面因大桥的立体和水的生动而变得生动活泼。

国会大厦是全市最高的建筑物，法律规定，凡是建在巴西利亚的建筑不允许超过国会大厦的高度。国会大厦由两座呈H型的各28层高的大楼并列组成，左侧的众议院是一座白色碗口朝上的碗形建筑，意思是广采众议；右侧的参议院是碗口朝下的白色碗形建筑，意在把众议院搜集起来的人民大众的意见由碗口朝下的参议院加以研究并予以采纳。

印第安人纪念馆——一家小教堂

这两只碗时刻在提醒议员们，既要研究好国家大计，又要时刻记住百姓吃饭等民生问题，可谓寓意深刻，耐人寻味。

人工湖景观与水的设计使坚硬的建筑与水的柔情完美地融合在一起，使建筑与环境巧妙地结合，国会大厦的严肃外表下，又兼备了和善可亲的一面，庄重中不失典雅，严肃中不失活泼，静中有动，动中有静。巴西利亚国会大厦前的人工湖设计真可谓环境建设中的经典之作。

这也是尼梅耶的作品？不得而知，但是在巴西利亚，几乎每一个独立的公

正在展示尼梅耶大师作品的博物馆

身后是一家图书馆

共建筑都是这样个性化十足，走在巴西利亚的广场上，仿佛走进了偌大无比的建筑博物馆，每一幢建筑都美轮美奂，令人心旷神怡，目不暇接。

据说这是世界上最大的陆军广场，这不禁使我想起了家乡的大连海军广场，只是我们的海军广场周围全是建筑，而这个陆军广场四周是空旷无边的原野，仿佛一个早已停火的战场，看不到硝烟的弥漫，听不到战车的轰鸣，四处静悄悄的，只有陆军博物馆孤独地矗立在广场上，告诉人们和平的感觉是如此的宁静。

陆军博物馆里的藏品少得可怜，也没有几个工作人员，几个穿军装的军人既当保卫又兼职解说。为陆军军人建造这样一个占地面积超大的广场和精美的博物馆，除了感觉巴西人特别有钱外，还有一个强烈的感觉，就是巴西的土地特别辽阔，如果他们在自己的国土上想创造吉尼斯世界纪录，那真是轻而易举的事情。

我们在巴西利亚整整呆了三天，三天的时间很短，却让我深深地爱上了这座城市，爱上了巴西利亚。

临离开巴西利亚前，我们提前从酒店出发，让司机开着车带着我们围着巴西利亚的中心城区再转一转，再看一看。当飞机起飞的时候，我甚至有了不想离开的感觉。年轻的巴西利亚，美丽的巴西利亚，我已经深深地为你着迷，虽然不能与你朝夕相伴，但你美丽的容颜已经永远停留在我美好的记忆里，只是不知何时还能再回到你的身边。我只有在心里一遍遍地重复着：我爱你，美丽的巴西利亚！

总统的账单

在巴西，最舒服和自由的人就是学生了，尽管巴西的教育几乎全民免费，但是巴西人对上学不感兴趣。在巴西，无论小学、中学、高中还是大学，全部是半天上课，半天休息，而且所有学校每年还有三个月的假期，再加上各种节日、假日，在巴西当学生一年里真正坐在课堂上没有多少时间。在里约热内卢的大街上，到处都是踏着滑轮四处游玩的孩子们，海滩上到处都是闲着无聊晒太阳的青年男女，大学里的课程安排得不紧，给我们当导游的邓女士的先生是研究生的导师，他经常向邓女士报怨学生们太爱玩了，以至于他布置的功课竟然没有几个学生如期完成……在巴西当学生真是幸福至极啊！

不过你相信吗，在受教育几乎免费的巴西，总统却是一个只有小学四年级学历的工人，而这个工人出身的总统竟然深得巴西人民的欢迎和拥戴。巴西人才不管你多高学历或者多少文化，只要你带给大家好处，有没有学问都没有关系。现任巴西总统曾经担任过工会主席，还担任过工人领袖，他总是站在普通民众的角度，为他们争取利益，所以深得选民的支持，在巴西普通民众的心中有很高的威望。

巴西总统官邸

总统的账单

我们有幸到总统的官邸参观。总统府在黎明宫，这是一座围廊悬空在外的建筑，廊柱一反圆、方的陈规，有的如上长下短的菱角，有的似展翅欲飞的大雁。菱形四角如印第安人的盾牌，象征巴西最早的主人是印第安人。总统府坐落在一片大的广场中，周围几乎没有什么建筑，远远看去，总统府显得孤零零的。

在巴西，总统的生活几乎是透明的，什么时候回家，什么时候出门，出门后到哪里干什么了，家里来了什么人，呆了多久等等全部都在公众的视野之内。总统在家必须得把旗帜挂起来，以告诉来人总统在家。如果总统外出，总统府的旗帜就要收起来。

尽管只是远距离地观望，却让我们感觉到总统府的宁静和大气。在总统府栅栏前一个显著的位置上，有一块十分醒目的牌子，这个牌子不是介绍房子的构造或者主人的有关情况，而是前不久，总统府重新进行了装修，这个牌子就是总统府装修所有项目、费用等的账单，在这块牌子上，把巴西总统府装修时所购买的建筑材料、施工情况、设计费用等情况进行了公示，让所有人都一目了然。

总统府前每天都聚满了人，除了部分游客外，每天还有许多来自世界各地以及巴西本国的新闻媒体记者，他们长枪短炮地守在总统府门前，希望能

总统府前毫无表情的卫士

采访到总统或者能得到总统的接见。如果巴西发生了什么突发事件，总统府前就成了新闻中心，记者都想在第一时间听到这个国家最高长官的声音。尽管这种等待大多是徒劳的，不过，幸运的时候，他们也会得到总统意外的接见和问候，毕竟有过这样的先例，如此，他们才会执著地等待。

总统府前站岗的卫士面无表情，默然地让人怀疑他是不是真人，我偷偷地观察了他好久，如果不是他间或眼球转动，真不相信他能那么长时间站得笔直，一动不动。

里约，今日华人增至8000人

我们乘坐JJ3599航班，只用了不到一个小时的时间，就从巴西利亚飞到了巴西的另一个城市——里约热内卢。

当飞机刚进入里约热内卢上空的时候，飞行员仿佛特意要让我们从空中欣赏里约的风光，感觉飞机飞行得很慢，而且飞行的高度也非常的低，感觉飞机在依山而行，仿佛面包山伸手可及，大海就在脚下。我们从飞机上往下看去，整个里约仿佛被迷人的大海包围了，而与大海相伴的面包山、耶稣山还有奇妙而绵长的海岸线仿佛一幅美妙的山水画卷展开在我们面前，真是让人叹为观止。里约热内卢有延绵上千公里自然形成的海岸线，里约城有四分之三的地方是与海相连的，而且几乎所有的海岸线都是可供人游乐的沙滩。据说里约从来没有发生过海啸和台风，也从来没有过自然灾害，这里简直就是人间的天堂，游客们休闲度假的圣地。

经过一个上午的飞行，抵达巴西的海滨城市里约热内卢后，一见导游，我们就迫不及待地请他带着我们，到早早就映入我们眼帘的迷人的海边、沙滩去游玩。

雪白的沙滩和蔚蓝色的天空

里约的天空清澈湛蓝，虽然我也生在长在大海边，但我却很久没有看到里约这样的蓝天了。

曾经听到有人说过：没有去过里约热内卢就等于没有去过巴西。到了里约，才体会到了这句话的深刻含义。

里约热内卢在葡萄牙语中意为“一月的河”。1501年1月，葡萄牙航海家抵达里约时，误以为里约的瓜纳巴拉湾是大河的入海口，因而由此得名。

里约依山傍海，风景优美，是巴西和世界著名的旅游观光胜地。里约主要名胜有耶

稣山、面包山、尼特罗伊大桥等等。里约的海滩举世闻名，其数目和延伸长度为世界之最，全市共有海滩70多个，其中两个最有名的海滩是科巴卡巴纳海滩和依巴内玛海滩。

走在里约的街头，到处是着装大胆的美女和意气风发的男人。里约人的着装大胆、性感、迷人而有个性。在里约，无论是在海边，还是大街上、商场里，到处都是身着三点式时装或者泳装的女人，穿泳裤光着身子走在大街上的男人也到处都是，里约人给人的感觉就好像恨不能不穿衣服，男男女女的衣服尽量的能少则少。无论是漂亮的女士还是不起眼的女士，不管身材胖瘦、年龄大小，几乎全部都是吊带装、三点式装，男士则是精减到了短裤当家，再加上成群结队几乎不穿衣服的孩子们，即使在商店里也到处是海边的装束，大家也不会觉得奇怪。我们去的那天正好是周六，里约人拉家带口地往海边去，大家拥到海边，支上帐篷，放上躺椅，坐在海边晒太阳，有的干脆躺在沙滩上暴晒。大街上到处都能看到满脸满身都是雀斑的男男女女，他们在享受阳光的同时，也受到阳光的侵害，据说，由于巴西人酷爱晒太阳，因此，皮肤病的发病率居高不下，成为健康的杀手。

只有到过里约长达几十公里的海滩，才会理解国际级的海滨城市的真正含义。里约面对大西洋，拥有着世界上设施最完备、景色最怡人的海滨浴场，其中著名的有菲拉门戈浴场（Flamen-go）、黎芭嫩浴场（Leblon）等等，每个

空中扫描里约城

我们住的酒店对面的小店

浴场都有着不同的特色，景色也个个迷人，躺在细白如面粉的沙滩上，享受着阳光和海浪，真是人间天堂呀。

里约的风光是绚烂的，简单的线条围绕着流畅的海岸线，穿越里约的中心区，围绕在面包山脚下，空中俯瞰，仿佛面包山上耶稣的手掌划过你的心房。也许因为有神的保佑，所以里约人永远都不寂寞。我们还乘船从海上欣赏面包山的风光，船在海里行驶，围绕面包山时仿佛耶酥巨大的胸怀环抱着你，庇护着你。

里约还有许多令人难以忘怀的旅游景点。位于里约28公里跨海大桥附近海面上的皇宫广场（又称11月15日广场），占地32平方公里的提居卡（Tijuca）国家公园，再加上景色独特的面包山以及建于殖民地时期的拱桥和行驶于桥上的古老电车等等，构成了里约迷人的风光和景色。

在里约的沙滩上，到处可以看到沙滩排球场和足球场，大人孩子们都在尽情地享受运动的快乐，大海里游船、帆板、海鸟构成了一幅幅美妙的图画，如果不是亲身感受，真的很难形容置身里约的快乐心情。

阳光、沙滩、桑巴和足球是巴西人的最爱。巴西有句谚语“上山、下滩、

海边，未来的巴西美女

吃肉、看秀”，这句话很好地形容了巴西人的生活。巴西是个富饶而美丽的国家，人均年收入3000美元。在巴西读书、看病就医、养老都是免费的，如果一旦失业，国家还会每月补助200美元直到你找到工作为止。为了解决穷人吃饭问题，政府每天都会备有收费1第拉尔的午餐，虽然是免费的午餐，但也不会因为免费就可以糊弄，免费的午餐有国家专门配备的营养师科学配餐，有鱼有肉有菜有汤，一点都不含糊，绝对的可口。

很少有城市像里约这样，会为游客提供这么多的户外娱乐机会，从最传统的活动，比如去海滩、去海滨酒吧喝酒、乘缆车游面包山、坐电动火车上耶稣山、逛商店和工艺品集市，到可供选择的其他娱乐活动，如到森林里走林间小路、沿城市的周围进行生态游，还有更刺激和冒险的如乘三角滑翔机在海面上飞翔……在里约，无论你在哪里，时刻都会找到自己喜欢的娱乐活动。

在巴西，人永远是放在第一位的，处处体现以人为本的理念。一般当老

坐在游船上晒太阳的巴西女孩

板的是不敢随便请人帮工的，用工前都要严格考核后才敢请人，因为不管老板出于什么原因要辞退工人，必须在辞退前，先支付该工人3个月的工资，然后该工人从国家再领取3个月的工资，领够了全部6个月的工资后，老板才可以正式解雇工人。据说，这是为了充分保障工人阶级的权益，也为了保证工人在失业后更好地生活。不过，即使老板顺利地解雇了工人，在未来的几个月里，老板还可能因为辞退工人而遭受到指控，而且可能会面临高额的罚款。

在巴西，工人才真正是国家的主人，就连巴西总统也是四年文化的工人出身。不管你是干什么的或者曾经干过什么，你只要为人民谋福利，得到人民的拥护，就可能当上总统。哪怕你没有文化，哪怕你出身工人，都不重要，重要的是你真正为人民做了什么。

可能是因为优越的生活条件和高福利的保障，巴西人很少有我们常见的那种进取心，他们天天享受生活给他们带来的每时每刻，形成了独特的风格。巴西有两快，一是开车快，二是花钱快。你别指望巴西人会往银行里存钱，巴西人有钱就花，很少积蓄，在巴西买双皮鞋、买瓶化妆品都可以分期付款的， 即使这样，也没有多少人愿意把钱用在这里，他们最喜欢的是美食

大家做着和耶稣一样的动作

和享受。

导游向我们介绍说，巴西有两慢：一是工作进度慢，二是脑筋反应慢。我就在机场看到这样的情景，本来一架飞机已经晚点，结果在办理登机手续的时候，工作人员不紧不慢地，才不管你的飞机是不是快起飞了，也不管你有多么着急的事。每个人动作都慢慢腾腾的，嘴里还哼着小曲，如果你不满意地说他们几句，他们都会瞪着眼睛奇怪地看着你，仿佛错误的是你不是他，根本不会在意你的感受。

1986年里约热内卢市与北京市结为友好城市。1992年我国在里约设总领事馆。

临近中午，林导带我们去解决午餐问题，我们来到开在里约海边的一家名为“中央”的中餐馆，餐馆里客人特别多，生意非常红火。我们的午餐有炝土豆丝、拍黄瓜等地道的中国菜，还有清蒸鱼、红烧肉等等，非常丰盛。开餐馆的老板是安徽人，我们同行的邹先生表扬老板，说今天的饭菜是我们出国以来吃的最可口的一顿饭（他已经在不同的饭店说了好几次了），老板格外地高兴，再加上看到中国老乡，就更加开心。老板说：“现在在里约的华人有

里约耶稣山上鸟瞰

8000人，今天你们来了，里约的华人将增加至8006人，欢迎你们的加入！”

哈哈，今天，我们六人成了巴西人，虽然只会成为短短几天的“巴西公民”，但我们也一样的兴奋。

其实无论在哪里，在中国还是在巴西，在大连还是在里约，只要我的同胞们过得好，过得快乐，我们都是由衷地高兴，因为我们都是中国人。

罗纳尔多，走过星光大道

巴西人离不开沙滩、阳光、桑巴和足球。在巴西无论你富有还是贫穷，都可以尽情地享受海滩、阳光、桑巴和足球。

巴西是足球之国，在巴西，足球俱乐部约有2万多个，仅里约热内卢就有18家足球俱乐部，福纳明哥俱乐部在巴西的里约热内卢，巴西著名球星罗纳尔多就是在里约的贫民窟街头踢向世界的。

巴西人对足球的热爱无处不在，我们到里约那天正好赶上周末，足球场外排满了长长的等待购买足球票的巴西人，周日的足球联赛里约人是绝对不会错过的，比赛当天，连中餐馆的巴西人也要放假看球，不管餐馆里有多忙，也不管你给多少钱，都无法阻止球迷们奔向球场，无法改变巴西人对足球的热爱。

我们到了位于里约的世界上最大的足球场——马拉卡扬足球场。这个足球场最多容纳过20多万人，是专门为1950年的世界杯足球赛兴建的世界上最大

巴西人在马拉卡扬足球场曾经创造辉煌

巴西队获得世界杯冠军时罗纳尔多身披国旗的情景令多少巴西人潸然泪下

足球场外罗纳尔多的脚印

足球场外济科的脚印

的足球场，巴西人在这个足球场得过世界杯冠军。

在这个足球场里，我们看到在通往球场的入口，是罗纳尔多身披巴西国旗的巨幅照片，近4米多高，还有许多他不同风采的照片，镜头前，他露着参差不齐的牙齿，正意气风发地向你微笑着。在巴西这个产生足球巨星的国度里，你无处不感受到足球的魔力。连接比赛场地和休息室的一条球员通道，被称为星光大道，这条通道真可谓名副其实的星光大道，巴西许多著名的球星的照片都在通道的两侧，这条长长的通道当年也走过阿根廷的马拉多纳，走过意大利的光头裁判，走过济科……走过无数个梦想成真的有志少年和一夜成名的世界巨星。这是一条真正的星光大道，这里到处是耀眼的明星，星光四射，魅力无穷。走在长长的星光大道上，你会不由自主地为足球自豪、为巴西人自豪。

马拉卡扬足球场在巴西人眼中就是神圣之地，多少人在这里梦想成真，多少巨星在这里诞生，无数的巴西人在这里见证了奇迹，无数的巴西人在这里欢歌，就连我这个外来游客，走进体育场、走过星光大道的瞬间，仿佛也一下子热血沸腾了，那些为胜利而欢腾的场景仿佛就在眼前。

马拉卡扬足球场外有一个足球纪念品的专卖店，店里的男女店员竟然都会说中文，看到我们还一个劲地说："2008，北京！奥运！你好！欢迎！再见！"等等，对中国人非常友好，吐字竟然还比较纯正，中国话竟然说得有板有眼，在表示友好的同时，还一个劲地让我们买足球纪念品。

这家纪念品商店里有各种各样与足球有关的商品，商品种类非常丰富齐全，既有画册照片，又有服装、鞋帽、足球、装饰品、卡通玩具等等。我们一行的高先生在售货员的"忽悠"下，痛快地花了20美元买了一顶西部牛仔式的帽子，而且立马就戴到了头上，感觉他一下子如牛仔一样的潇洒了。而我也在两位热情的店员鼓动下，买了一件属于罗纳尔多和济科的10号球衣，他们两位也是我最喜欢的球星，买10号衣服，是希望幸运的罗纳尔多、济科能带给我幸运。最后，我们一行分别与他们合影留念，用镜头记录下美好的瞬间。

卖足球纪念品的漂亮的巴西女孩

足球场外表演球技的球员

著名的马拉卡扬足球场

寻找父亲

昨天一天可能是太累了，晚上回来后，只是简单地洗漱后就早早地上床休息了，一觉睡到早晨5点多。也许是时差已经倒过来了，昨天晚上是我出国以后睡得最好最长也是最香最沉的一觉了。我早早地起床整理着晚上乱扔的东西，全部收拾停当之后才刚到早上7点，离吃早餐和出发的时间还早得很呢。打开窗帘往外看去，里约的大街上静悄悄的。早晨的里约和昨天晚上的喧哗与躁动是多么的不同啊，一切都那么安宁，四处都寂静无声，连鸟儿的叫声都消失得无影无踪。

昨天是巴西的周末，周末的巴西就预示着狂欢的开始，巴西人好像天生就喜欢狂欢，每到周末，几乎所有的里约人都进入了狂欢的状态，而且狂欢是从上午开始的。白天海边上躺满了几乎赤身裸体的男女老少，他们在太阳底下暴晒，尽情地享受着阳光、沙滩和海风，而到了晚上，整个里约城都进入了自由狂欢的状态，大家在酒吧、咖啡屋等娱乐场所里尽情地畅饮、欢歌。

巴西人喜欢狂欢世人皆知，里约被誉为“狂欢节之都”，不仅是巴西每年一度的狂欢节就在里约举行，更重要的是里约人每到周末就进入到了狂欢的气氛中，真是名副其实。我们去的时候刚好每年一度的巴西狂欢节刚刚结束，节日的气息依旧在四处蔓延。一到狂欢节，成千上万的人们走上街头，

里约街头的涂鸦

街头到处是自由的涂鸦

载歌载舞，尽情享受着桑巴舞和啤酒的快乐。每年的狂欢节也是巴西男女青年尽情享受爱情享受激情的美好时光，也是“乱性”的时节，狂欢节里，男女青年自由交往，没有束缚，对“性”也非常的随意，结果，每到狂欢节后，巴西人也会品尝另一个成果，就是大批自由性交的衍生品——私生子的出生。每年狂欢节后的第十个月份，通常是巴西的生育高峰期，本来巴西人对性就很开放，再加上狂欢节的热情和激情，私生子每年都大量增加，尤其是十月左右，私生子扎堆地出生，大量的私生子也成为巴西的社会问题。在巴西某电视台有一档非常出名的节目《寻找父亲》，从夏季开始到每年的十月份，收视率越来越高。电视台一般会跟踪几个在狂欢节时与别人发生关系而怀孕的年轻女子，如果恰巧这名女子弄不清楚肚子里的孩子父亲是谁，在孩子出生的时候，就会发生许多孩子寻找父亲的故事。每到孩子出生的高峰期，总会有许多巴西女子在寻找孩子的父亲。电视台紧跟形势，抓住几个这样的题材，跟踪拍摄。曾经有这样一个节目，一个年轻女子在狂欢节期间先后与四五个男子发生了性关系后怀孕了，结果到生下孩子之时，她也无法确定孩子的生父是哪一位，她开始代孩子寻找父亲，于是电视台《寻找父亲》节目的故事就此展开。节目播放期间，电视节目组会先给孩子做DNA检测，然后再给几个可能的父亲也做DNA检测，以掌握确切的证据。然后编导们会将几个可能的父亲请到电视台的直播现场，参与节目的直播。当然真实的结果只有电视台里的主持人或者编导等几个人知道，而女主人和其他几个可能的父亲暂时还不知道生身父亲是谁。为了收视率，编导和主持人往往不会过早揭开谜底，而是设置层层谜团，并层层解开。他们会让女主人公或者男主人公讲他们的爱情故事，或者一夜情的详细经过，比如和女主人公认识、相爱交往以及性生活的具体细节，以判断孩子的父亲是哪一位。为了吊起观众的胃口，电视台还设置了参与竞猜得大奖的环节，让观众参与竞猜，看看究竟最后谁猜的是正确的。主持人还让孩子把可能的父亲当亲爸爸，而故事的男主人公们面对突然出现的可能的儿子，不同的人会做出不同的反应，各种心态都有，真是啼笑皆非。有的男人其实根本不可能是孩子的父亲，但恰巧这个男人喜欢小孩子，为了得到儿子却偏偏说自己就是父亲，还会讲清楚当时与女主人公相识相爱的情景，还会网罗各种各样的证据加以证明；而有的男人可能明明知道自己是儿子的父亲，也许不喜欢孩子，也许是为了摆脱抚养费或者不想担负起父亲的责任等等多种原因，往往会百般狡辩，证明自己不是孩子的父亲。整个节目现场直播，观众热情高涨，收视率狂升，电视台也趁机赚大钱,广告收入直线上升，真可谓生财有道。直到节目的最后，主持人拿出早已做好的DNA的鉴定结果，这时谜底才会真正地揭开，而孩子真正的父亲就会浮出水面……一个节目，却让人阅尽了人间百态。

由于巴西人的自由性取向，私生子问题非常突出。巴西媒体曾经报道过这样一件真事。原巴西首富安东尼奥·路西安诺·佩雷拉·费尔霍在1990年去世之后，留下了30亿美元的遗产，这些遗产被分给了3名婚生子女以及他和25名情妇所生的35名私生子。然而时隔18年后，竟又有20名佩雷拉的私生子出现了，并要求分得遗产，而这些私生子许多已经得到了确认，巴西法庭无奈只好下令，要求此前的38名继承人将遗产全部归还，以便与新的继承人一起，对遗产进行再分配。

安东尼奥·路西安诺·佩雷拉·费尔霍生于1914年，巴西最富有的亿万富翁之一，他当过医生、银行家、企业家和政客，在米纳斯吉拉斯州首府贝洛奥里藏特市拥有众多庄园、名马以及所有电影院。安东尼奥于1990年6月19日因癌症去世，享年76岁。他留下了12家公司、4万处房产、600个农场、24万头牲畜、3座豪华饭店以及3架私人飞机，财产总计价值约为30亿美元。

佩雷拉和妻子克拉拉·布莱克·卡托·佩雷拉生有3名子女，虽然他一再告诉别人，他的家庭非常幸福，但实际上他却是一个地地道道的花花公子，

不知道他的幸福从何谈起。他一生拥有众多情妇。据悉，他经常亲自驾机与情妇约会，而他的情妇们也为他生下了众多私生子。结果他死后，竟有百余人争着做亲子鉴定，称自己就是他的孩子。不过，佩雷拉先生比较开明，也许他意识到死后会有大量私生子争夺遗产，为了避免造成纠纷，他不是留遗嘱而是临终前特意留下血样，以供将来给他的私生子们做DNA亲子鉴定使用。

果然如佩雷拉所料，他去世后，先后有一百多人称自己是佩雷拉的私生子。最终法庭用佩雷拉的血液样本进行了DNA对比试验之后，确定其中35人是佩雷拉的私生子，这些私生子是他生前和至少25名情妇所生的。佩雷拉30亿美元的遗产被分配给了他和妻子克拉拉所生的3名婚生子女以及他的35名私生子。这35名私生子每人都继承了大约2000万美元左右的遗产，而他的3名婚生子女每人则得到了大约5亿美元，当佩雷拉的妻子克拉拉也去世之后，这3名子女还继承了他们母亲得到的那一部分巨额遗产。

然而，在佩雷拉去世18年之后，竟又有20名佩雷拉的“私生子女”浮出水面，并向法庭要求分得遗产，而这些私生子们都有足够的证据证明自己的身份。佩雷拉一生风流，生前喜欢年轻的处女，他在一本日记中称自己曾与2000多名女子上过床，看来那些曾经令他着迷的美女们，会带着孩子们和他没完没了地纠缠下去。

狂欢的里约，热情的桑巴

每年2月的巴西狂欢节被称为世界上最大最奔放的狂欢节，也是巴西最大的节日。在巴西各地的狂欢节中，尤以里约热内卢最著名、最令人神往，每年吸引国内外游客达数百万人。同时，它每年还举办桑巴舞大赛，演员人数之多，服装之华丽，持续时间之长，场面之壮观堪称世界之最。

里约狂欢节时全城上下倾巢出动，不同肤色不同民族不同国度不同年龄不同阶层的人们全部如潮水般涌上街头，男女老少个个浓妆艳抹，打扮得奇形怪状，别出心裁。为了吸引眼球，大家尽可能打扮得与众不同，充满个性。男人们基本是裸露上身，全身衣服能减则减，而女人们基本上个个都是比基尼三点式，有的还赤裸全身，尽情地展示着迷人的身材，如入无人之境，无比的投入和欢畅，众目之下竟然没有丝毫的不适。

我们到达里约时刚好进入三月，狂欢节刚刚结束，但是狂欢节的余温仍在，街道上到处都可以感受到节日的气氛，到处彩旗飞舞，游人如织，仿佛狂欢的乐曲还在弹奏，街上的美女们也仿佛穿上了红舞鞋，不停地舞蹈，让人着迷，令人晕眩。

巴西里约热内卢狂欢节开幕当天，里约热内卢市市长在市长官邸，亲手

桑巴舞表演场里的国王和王后

演员们沉浸于舞蹈中

将城门的金钥匙交给被称作“莫莫王”的“狂欢节国王”，象征着一年一度的狂欢节正式开始。自此，在长达一周的狂欢节中，整个里约热内卢城都要由“莫莫王”统治，他要带领大家尽情跳舞、尽情享乐，全体市民将按照自己的方式尽情狂欢。“莫莫王”一般在狂欢节开幕前两个月由市民选出，同时产生的还有一名“狂欢节王后”和两名“狂欢节公主”。他们将作为里约热内卢桑巴舞队的领袖参加狂欢节的彩排和正式演出。著名球星罗纳尔多的前女友苏姗娜就曾被选为里约热内卢的狂欢“王后”。交钥匙仪式之前，“莫莫王”还与化装成巴西皇室成员的演员在街上进行马车巡游，这个别出心裁的仪式既是为了纪念巴西第一位君主——佩德罗一世抵达巴西，也是为了增加狂欢节的喜庆气氛，同时，为了让更多市民和游客分享狂欢节开幕的喜悦。

我们到里约时，街道上的狂欢已经转移到了室内，我们到专门的桑巴舞表演场去看地道的桑巴舞蹈。

相传里约热内卢狂欢节始于19世纪中叶。最初，狂欢节仅限于贵族举行的一些室内化装舞会，人们戴上从巴黎购买的面具，尽情地欢乐。1852年，葡萄牙人阿泽维多指挥的乐队走上了街头，随着节奏明快的乐曲，不管是黑人还是白人，也不管是穷人还是富人，男女老少都跳起来了，整个城市欢腾起来了。阿泽维多的这一行动获得了巨大的成功，成为里约热内卢狂欢节发展史上的一个里程碑，标志着狂欢节成了大众的节日。

里约热内卢狂欢节最早并没有固定的场所，全市各主要大街上都是桑巴舞表演的舞台。由于狂欢节时值盛夏，天气炎热，游行活动都在夜晚进行。从上世纪70年代起，各桑巴舞学校建议在市内修建一座桑巴舞赛场，用于狂欢节活动。1983年，曾设计巴西新首都巴西利亚等工程的著名工程师奥斯卡·尼梅耶大师亲自设计，6万名建设者齐心协力，仅用了117天，就建成了一座能容纳数万名观众的桑巴舞赛场。从此，里约热内卢狂欢节就有了固定的场所。

我们一行昨天也充分体会到了真正的巴西风情，白天到风情万种的海边沙滩游玩，海滩上的人全部是三点式,个个几乎赤身裸体，我穿着短裤短衫感觉穿得已经够少了，但还是让巴西人看了发闷，几个巴西美女和帅哥都比划着让我把衣服脱掉，还有一个黑人小伙子干脆跑过来，要扒掉我的衣服，惹得海滩上的游客哈哈大笑。

晚上我们到了一家自助式的巴西烤肉店，品尝正宗的巴西烤肉。巴西烤肉荟萃了葡萄牙人、非洲黑人及印第安人食品的精华。说到巴西烤肉，不能不说一说巴西的一个少数民族“卡乌休”。卡乌休是很多年前生活在巴西南部大草原上的游牧土著民族，他们终生放牧，以烤肉为食。他们把牛肉用盐腌好，串在木钎上，用文火烤熟，这便是最早的巴西烤肉。直至18世纪末，巴西的牛仔们闲暇时经常以长剑串肉，在篝火上烧烤，沿袭至今，形成了风味独特的巴西烤肉。巴西人吃烤肉喜欢吃肉的原味，因为不同部位有不同的滋味，所以在烤肉时只放盐来调味。肉串在钎子上，在火上烤，撒上粗盐，让盐融化渗透，肉表层熟了之时，拍去盐粒，再用利刃切割表层食用。巴西烤肉特别注重的是肉的原汁原味，在鲜美粗犷的味道中还有一股松木的芬芳。就是这种充满原始味道的滋味，让巴西烤肉名闻天下。

烤肉店里热闹不已，里面早已坐满了客人，动听的桑巴舞曲在店内回荡。服务员先是送给我们一张牛的示意图，把牛的每个部位标上符号，每次服务生举着一长串溢满香气油光鲜亮的烤肉时，就会指着牛的某个部位示意给我们看，然后再一片片地切到我们的盘子里。巴西烤肉分解得很仔细，一头牛身上分出牛排、牛尖峰、牛三角、牛瓦沟、牛里脊数种。我们一会儿吃牛屁股，一会儿吃牛大腿，一会儿品尝牛肚子，一会儿再来一块牛胳膊，真担心牛火了用牛角顶我们。烤肉调料里有一种利用红酒和醋调制的蘸汁，这些酸甜口感的味道不仅能品尝出原味烤肉的香嫩，还可以解除油腻，既营养科学，又调配合理。

烤肉店里还有正宗的日本寿司、韩国泡菜和印度的咖喱饭等各国美食，还有不同国度的啤酒和红酒,这些食物可以任意取用。烤肉店的美食不仅品种多，而且价格非常的便宜。我们吃着正宗的巴西烤肉，喝着正宗的巴西啤酒，听着迷人的巴西音乐，真是非常的开心。只是我们这些人几个回合下来，烤肉没吃多少，几瓶啤酒倒是让我们一点点儿的有些醉意了，面对美食毫无战斗力，只能随着节拍敲打着啤酒杯，与各国游客一起，和着烤肉店里的音乐一起欢唱了。

吃过烤肉后我们到了桑巴舞的表演场，这些表演桑巴舞的美女们与男舞者们，在音乐的伴奏下，跳着热情奔放的桑巴舞，他们的舞蹈具有很强烈的感染力，让台下的观众也会情不自禁地加入到他们的舞蹈之中。他们还邀请游客上台表演，与他们一起舞蹈。

等桑巴舞节目表演到高潮时，黑棕色的巴西桑巴舞女和舞男们会跑下台来，她们身上穿着夸张的羽毛型翅膀的“衣服”，摇动着丰满而活力四射的舞姿，穿梭在人群之中，邀请客人们与他们共舞，并在你不注意的时候与你合影，当然合影的价格也很可观。不过即使你不想合影你也躲不过去，舞女们会在你不知不觉的时候主动跑到你的身后，有的还把圆鼓鼓的胸部贴在你的后背，不等你反应过来，就会有人在你前面咔咔地按下快门，一会儿就会把合影送过来，你只能交钱买相片，当然你要是不要她们也不强求，一样会欢快地摆着翅膀翩翩起舞。

桑巴舞表演场的演员们都是优秀的舞蹈演员，在巴西有专门的桑巴舞大赛，许多著名的演员就是从桑巴舞大赛后开始表演生涯的。桑巴舞大赛是里约热内卢狂欢节的一项重大活动。赛场占地8.5万平方米，两侧是看台，中间是桑巴舞队伍行进的通道。每年狂欢节期间，要在这个赛场举行5场桑巴舞活动，其中以第三天和第四天的活动最为精彩。在这两天中，全市名列前茅的14个桑巴舞学校要在这里举行大赛，获得前五名的选手还要再进行一场表演。每个桑巴舞学校上场参赛的人数为4000人左右，分成32个方队。参赛内容和配

热情四射的桑巴舞

唱歌曲都要有故事情节，全队服饰都要根据表演情节设计。每年各校编排的故事情节内容极其丰富，有表现印第安人历史的，有表现巴西足球的，有表现人们现实生活的等等。狂欢节不仅给巴西人带来了欢乐，而且吸引了众多游客，促进了旅游业，刺激了经济，已成为巴西人生活中的一项重要内容。桑巴舞、狂欢节同足球一样，已成为巴西的象征。

可能是由于早晨起床太早了，也许是白天在海滨浴场玩得太累了，也许是甘醇的巴西啤酒让我的心早已沉醉，晚上进入桑巴舞场等待表演时，我就开始哈欠连天了，困倦不停地向我袭来，就在我快支撑不住的时候，随着一阵激荡的音乐，热情奔放的桑巴舞表演开始了。随着桑巴舞欢快奔放的节奏和演员们火辣的表演，我很快被音乐感染被舞蹈吸引，感觉浑身的热血在沸腾、在燃烧。热情奔放、火辣刺激、激情四射的桑巴舞终于驱散了我的困倦，我也随着音乐和舞蹈，与大家一道和演员们共同跳起来，真正地桑巴了一把。

上帝的胸怀

无论你是从空中还是从海上、陆地上到达里约，只要你一进入里约热内卢，无论是从哪个角度，都会一眼看到位于里约驼峰山巅上的巨大耶稣雕像，这座耶稣雕像是为纪念巴西独立运动的成功而建，是举世闻名的杰作之一，已成为里约的标志和象征。

里约热内卢的耶稣山，海拔2310尺，山顶上是观光整个里约热内卢的最理想地方，几乎可以一览无余地将里约热内卢尽收眼底。面包山上的巨型耶稣像，是巴西著名雕塑家瓦尔·科斯塔及其同伴们，花费了整整45年的时间精心设计、协力雕塑，于1931年完成了的一个建筑壮举。雕像高38.1米（125英尺），重1145吨，建成于1931年10月12日。雕像仅头部就长近4米，钉在受难十字架上的两手伸展宽度达28米。整座雕像用钢筋混凝土堆砌雕塑而成，重量在1000吨以上，屹立在驼峰山的擎天柱石上。

从里约城任何一个角落都可以远远地清晰地看到耶稣的身影。巴西是一个信奉天主教的国家，全国有90%以上的人都笃信天主教。在教徒们看来，这座耶稣的巨型雕像，正是为普天下劳苦大众而献身的“救世主”的化身。精刻细琢的耶稣像气势宏大，俯瞰全城，展开双臂，敞开博大的胸怀，似乎要紧紧拥抱里约热内卢，包容着天下的众生。白天，耶稣神像背衬蓝天白云，脚下是芸芸众生，庄严而凝重；夜晚，耶稣神像在灯光映射下，银灰色身躯

耶稣像在里约的最高山上

里约热内卢的耶稣山

自然天成的景观成了里约独有的风景

在山顶光芒四射，充满了神奇的力量。

最初在山顶建耶稣雕像是为了庆祝巴西独立100周年，可是到了1922年百年大庆时，经费仍无着落，于是教会介入此事，教区的孩子们帮助四处募集资金。几经周折，雕像终于耸立在山顶。落成之日，恰好就是巴西守护神的节日和儿童节。作为巴西标志性建筑，耶稣山神像雕塑是每个到里约观光的游客必到的地方，也成了里约的标志。

由于里约热内卢四面环海，风景优美无比，也许是耶稣神像的魔力，也许是天然的自然风光对人的吸引，里约已经成为天然的高尚居住区，吸引了世界各地的大批富豪们在此置地修屋。在面包山的半山腰处，到处都是神秘而豪华的别墅，这些别墅设计精良，环境优美，设施齐全，低调而奢华。比邻而居的贫民窟，却与之形成了强烈的反差。在里约热内卢，百万富翁、千万富翁比比皆是，增加最快的休闲团体就是富翁俱乐部。据巴西媒体披露，仅两年时间里就有近二十人成为亿万富翁，百万富翁的人数也是年年以近三万人的数量增长，在全世界都是数一数二的。而里约的贫民窟也是世界上数一数二的，在里约的半山腰处，在豪华的别墅旁边，建有许多密密麻麻的破平房，这些破平房层层叠叠，户户紧挨，有的没有房盖，有的没有屋门，好在里约的天气永远都那么宜人，即使没有门窗一样过得舒适。这些贫民聚集的平房里有的房上一层层地接着建楼，几乎全部都是看海的房子，虽然这些房子

海滨风光

全部是真正的海景房，但却都是违章建筑，没有任何政府的审批手续。这些贫民窟房子里住满了底层的贫民，这里也是犯罪的滋生地，打架、吸毒等犯罪行为时有发生。这里的居民也分属不同的帮派，有各自的头领，如果有什么争端采取的不是法律手段，而是均有“老大们”摆平。为什么政府不拆除这些违章建筑？好像看出了我们的不解，导游忙和我们解释。原来，虽然这些房子都是违章建筑，但是里面的居民却非常的密集。这些居民也是选民，每到大选时，他们都是各党派拉选票的对象。于是为了争取这些选民的支持，大家争相为这里的居民做好事，不但不来拆除他们的建筑，而且还为他们解决各种生活上的不便，久而久之，这些贫民区不仅设施齐全，而且在这里使用水、电、煤气等全部免费，加上这些贫民区大多建在里约最好的地段，是地道的“海景房”，谁也不肯搬走，即使是发生了什么案件，警察也懒得来管，成了真正的自由王国。

游完了面包山，景仰了心中的耶稣神像，我们还是不舍离去，幸福的巴西人在耶稣宽广的怀抱中，一定能听到上帝的福音，感受到上帝的仁慈。巴西的经济近几年增长较快，据报道，2007年拥有百万美元以上的巴西人增加了19.1%，总数超过了14.3万人。如果不是上帝的厚爱，逍遥自在的巴西人怎么可能这般的幸运呢？

第二部

上帝保佑南非

开普敦的大鲍宴

到达南非的约翰内斯堡后我们并没有出机场，而是直接转机去往南非的首都开普敦。这么急迫地前往开普敦，吸引我们的不仅是好望角、维多利亚湾、上帝晚餐的桌山等旅游名胜，还有写在日程上的南非龙虾宴和南非大鲍宴，一想到有许多美食等待着，我立马就觉得来了精神，先生知道了一定会笑话我是馋猫，不过这小子肯定不敢直说，顶多会夸我是美食家而已，哈哈。要知道从出发的那一刻起，我就开始惦记着美味的南非大鲍宴了。

开普敦被誉为“母亲城”，是“CAPE”与“TOWN”的音译，意为海角与城镇。开普敦位于好望角半岛的北端，背靠桌山，面朝静静的海湾，西邻大西洋，南交印度洋，两洋交汇处就位于开普敦。因为这里曾经是西欧殖民地在南部非洲建立的最早据点，也曾经是荷兰等殖民者向非洲内陆扩张的重要基地，因此得名。开普敦也是目前南非国会的所在地，背靠着美丽的桌山，前面就是无边无际的平静海湾，到处都是绿树成荫，花草遍地，城市仿佛建设在花园中一样，再加上迷人的自然风光，使开普敦充满着神奇的魔力。

开普敦既是南非的立法之都，好望角省首府，也是重要港口，位于好望角北端的狭长地带，濒大西洋特布尔湾。始建于1652年，原为东印度公司供应

中餐馆里有地道的南非大鲍

站驻地，是西欧殖民者最早在南部非洲建立的据点，曾经是荷兰、英国殖民者向非洲内陆扩张的基地。

虽然南非的政府机构设在比勒陀利亚，但议会却在开普敦，据说南非总统每年上半年在开普敦处理公务，下半年就到行政首都处理政务。开普敦从1854年起就是南非议会的所在地。

我们穿越美丽的开普敦街区，仿佛穿过花园的中心，然后在一片开阔地带，远远看到了亲切的汉字，这里就是我们要吃大鲍鱼宴的中餐馆。虽然电话早就打过来了，但由于一路上我们被开普敦迷人的风光和自然环境所吸引，又要欣赏美景又要拍照留念，使不太长的行程变得紧张而忙碌，耽误了不少时间。中餐馆的老板远远地向我们招手打招呼，看来他已经等我们好久了。进了餐馆，还没等我们坐稳，大鲍宴就开始了，看来他们早就准备好了，我们也顾不得矜持，立即开始埋头在美味之中。

不过，这些美食并没有想象的那么好，所谓的龙虾宴也不过是一位上海老乡在城市偏僻区域（吃完饭后发现餐馆有点荒郊野外的感觉）开的一家中餐馆里，一个盘子里盛几条小小的龙虾浇上点蒜汁而已。而且在我们吃饭的时候，桌子周围不停地飞着谜一样的南非苍蝇，它们太过热情，让我们有点

码头上到处都是咖啡屋、精品廊和饭店

码头上的露天餐厅一瞥

避之不及。

不过大鲍宴倒是有那么点儿意思。大连的鲍鱼在国内外都享有盛誉，我们也经常吃新鲜的大连鲍鱼。老板知道我们是来自海滨城市大连，就问我们大连鲍鱼与南非鲍鱼有什么不同，虽然在国内也吃过南非鲍鱼，但大多是用干鲍鱼经水发后烹制的，到南非吃新鲜的南非鲍鱼，感觉味道什么的都和国内的不同。南非鲍鱼确实不同于大连鲍鱼，南非鲍鱼个头大，肉厚，有点儿像婴儿的手掌，颜色略为发黄，肉质细腻，咬一口肥而不腻，鲜香嫩滑，口感尚好，味道颇耐琢磨，看上去和吃上去都感觉确实与大连的鲍鱼有不同之处。南非的大鲍宴真有点儿像多姿多彩的南非风情，再加上老乡的几道家乡小菜，配上美味的南非啤酒，让我们劳累的旅途顿时放松了许多。

我早就听说开普敦是美食之都，并牢记于心。终于到了晚上，我们应当地朋友邀请，到了桌山脚下港口的南非美食城用餐。桌山脚下的港口停泊着各种各样的游艇，码头上到处都是各国风味的美食餐厅和不同风格的咖啡屋、酒吧，这里简直就是美食的集散地和美食的联合国。在这里你既可以品尝到地道的中国菜、日本菜、韩国菜等东方美食，也可以品尝到各种欧洲风味的美食，既有法国大餐，也有神秘的埃及菜，还有诱人的意大利馅饼和古老的印度美食等等。据说开普敦是南非美食的发源地，我们在导游的指引下，在码头上选择了一家能看到桌山的露天餐厅。当夜幕降临时，桌山脚下、港口码头、餐厅酒吧、精品店铺等等，立即笼罩在璀璨灯火之中，眼前是迷人的桌山，旁边是静静的港湾，还有不远处传来动人的音乐，四周弥漫着诱人美味，真是人间圣境。

我们品尝了南非的烤肉串、新鲜的三文鱼、鸵鸟肉以及各种蔬菜沙拉，配上地道的南非葡萄酒……想不到真正的南非之旅是从开普敦的美味开始的，而更让我们想不到的是，从桌山脚下的晚餐开始，一路上真正的南非风味美食大餐才刚刚开始，就如我们刚刚开始走进的南非，仿佛在我们面前一点点儿打开的一幅幅精美的画卷，令人沉醉不已。

豪特湾码头上的表演队

豪特湾是开普敦半岛上一个风景如画的小镇，历史上第一个有关它的记载是在1607年，当年英国帆船“认可”号驶入豪特湾，船上的大副约翰·察普曼以自己的名字命名海湾为“察普曼的机会”。后来，当南非拓荒者约翰范瑞比克于1652年登陆开普敦后，他也来到这个美丽的海湾，他曾在日记中记载，称这里是世界上最美丽的森林，也因此，他重新命名这个海湾为“豪特湾”。“豪特”在荷兰文中是“木头”的意思。

在豪特湾的东、西方向，还可以看到碉堡及军营的残迹，这些都是美国独立战争时，法国人为了防范英军而修筑的防御工事，至今已有200多年的历史。

通往豪特湾的察普曼公路，是由释放的囚犯们筑成的，总共花了7年时间以及4万元南非币，1922年5月6日由当时的南非市的首长甘诺王子亚瑟宣布通行。当年修这条公路是为了到豪特湾，如今这条公路成为欣赏豪特湾周围景色的风光大道，山道右侧离海面150米，左侧是高达300米的悬崖峭壁。这条公路是在花岗岩层上开凿而成的，路面宽窄不齐，崎岖不平，我们的车行驶其中，感觉时而沿水而行，时而又爬上了高高的悬崖，时而是开阔的地带，时而是延绵的小路，仿佛一曲缠绵的大自然乐章，把我们带进了神秘、浪漫而美丽的世界。山路两侧设有许多供游客休息的地方，不仅可以欣赏到山海风光的美妙，还可以吃到传统的南非烧烤，真是其乐无比呀。

豪特湾码头上卖艺的老年表演队

他们快乐而有节奏的歌舞感染着游客

察普曼山道的两旁山上到处都是绵延不断的石灰岩石，它们同属于桌山山系。

我们在豪特湾码头上看到了一支非常有趣的表演队：老人表演队。他们共有五人，看上去平均年龄有70岁左右，虽然年纪较大，但他们看上去没有任何的老态和疲态。这些老人穿着红白相间的鲜艳服装，戴着白色的礼帽，有的弹琴，有的吹号，有的打鼓，有的跳舞，他们演奏着明快的音乐，在游客们面前尽情地起舞，欢快地歌唱，虽然旁边地上放着装钱的小盒子，但他们好像并不在意那里的钱有多少，而是全身心地投入到表演中，动作轻快而娴熟。

我们从船上下来的游客都被他们的表演吸引住了，大家热情地鼓掌，有的还调皮地吹起了口哨。虽然我们听不懂他们唱的是什么，但还是被他们的表演吸引了。我们一行往他们装钱的小盒子里放进了新换来的南非币，在我们的带动下，许多游客也往小盒子里面放钱，不一会儿，小盒子里的钱就满了，但是这些老人没有人去关注这些钱，只是更加起劲地欢跳起来。

导游告诉我们，这个表演队已经在这里表演很长时间了，他们总是自顾自地表演，非常地投入，不在乎你给不给钱，他们并不是专门为了钱来表演的，更不是为了解决生存问题，他们热爱音乐，热爱表演，喜欢把快乐带给游客。这几位可爱的南非老人仿佛豪特湾码头上一道靓丽的风景，已经深深地印在我们的脑海中，久久不肯褪去。

豪特湾里到处都是海豹

迷人的海豹岛

行程中有一项重要的内容就是到海豹岛观赏海豹。早餐后，我们途经耶稣十二门徒石及奇里夫顿富豪住宅区后抵达海豹岛。

海豹岛位于开普敦豪特湾的德克岛上，是开普敦最著名的旅游景点。提起南非的豪特湾和德克岛也许很多人不知道，但提到开普敦的海豹岛就会有许多人记起来，这里因为成千上万的海豹而闻名于世。

豪特湾盛产龙虾和各种鱼类，通向好望角的最南端附近有一条著名的公路——察普曼公路。

从豪特湾港口乘船十多分钟就到了海豹集聚的德克岛。德克岛是海豹保护区，岛上的开普敦软毛海豹是一种皮毛光滑、看上去有点儿像是鱼雷一样的哺乳类动物。德克岛上的海豹最高峰时期超过五千只，最少时也有六七百只。开普敦海豹是南非的本土品种，繁殖于南非以及那米比亚海岸上。海豹们的寿命最高可达40年，最少也可以活到20岁。通常公海豹比母海豹的体重要重，约300公斤。虽然体形庞大，但是海豹们最高时速可达每小时17公里，已经相当了得。开普敦软毛海豹的怀孕期约8至12个月，通常一次只产下一只小海豹，新生的小海豹6个月后就可以独立游泳，独自觅食。海豹们的主食是鱼类、章鱼和贝类，天敌则是人类、鲨鱼和杀人鲸。

为了便于游客们欣赏迷人的海豹风姿，南非的沃伦海事公司于1972年就在豪特湾上创办了“瑟西游艇”的乘客服务业务，使用两艘游艇CIRCE号和R9

海豹岛上海豹集聚

身后就是海豹岛

号运送游客到德克岛观赏海豹。自二战以来，这两艘船一直是海上救援队的成员，经过改装后用于从豪特湾港口到德克岛之间的航程。自2001年起，这家公司又重新定做了一艘长25米并拥有钢架船身的新游艇，命名为CALYPSO号，新游艇不仅在甲板上备有100多个座位，还设有1米见方的海底观景窗，游客们可以看到海豹们自由自在地游荡在海底世界里的情景。

海豹岛上的海豹个个胖乎乎的，非常可爱，可能是见惯了人多，它们并不在乎游客，有时好像特意向游客们表演，有的躺在礁石上晒太阳，有的到

懒洋洋的海豹躲在礁石上晒太阳

海豹在嬉戏

处乱窜，有的跳到海里捉鱼吃，有的还在船的周围游来游去和游客亲密接触，令游客们开心不已。德克岛周遭的水深大约4至7米，水温常年在10至15度之间，最适合海豹们生存了。可能是海豹岛的环境保护做得好，海豹岛周围海域没有遭到任何污染，海里和陆地都不见垃圾的踪影，这里海水清澈湛蓝，靠近岛屿的地方都生长着茂盛的海带，海豹们也个个皮毛发亮，在阳光下自由地嬉戏。

在德克岛上除了开普敦软毛海豹以外，还有另一种生态塘鹅。这些塘鹅繁殖于南非以及那米比亚海岸线上，长有巨大的脚蹼，会潜入水中捕捉食物。塘鹅每次可以产4至6个蛋，母鹅们用它们巨大的脚蹼孵蛋，小塘鹅会在10至12周时开始独立生活。在海豹岛还有南方真鲸、巨型海豚等海洋生物，仅巨型海豚就拥有黑色、白色和灰色三种，这些海洋生物与成群结队的海豹们，已经成为德克岛上一道道跃动的风景，充满了迷人的魅力。

相约好望角

终于到了向往已久的好望角，仿佛在梦境中一样。

“好望角”的意思是“海角之城”。好望角位于开普敦的最南端，也是非洲大陆最南角，是一个角形的半岛，大西洋与印度洋在这里交汇。开普敦也因为好望角而享有“角城”之称。

从开普敦沿着海岸线南行，一会儿看见一望无际的大海，一会儿又看到崖岸峭壁，到处都是风景如画的美景，还会不时地跳出黑天鹅、狒狒等动物，从热闹的繁华都市一下子进入了大片的原始生态区。整个南非就是一个动物的乐园，而开普敦更是野生动物的天堂，在通往好望角的沿途，是好望角自然生态保护区，这里仿佛天然的植物园，又仿佛偌大的动物园。在去好望角的公路两边，不仅长满了颜色多样的各种野生灌木，路两旁的草丛中还不时地会有各种小动物跳出来，有一个小狒狒背着更小的狒狒，在大路上慢悠悠地晃荡着，一点儿也不怕我们。游客与各种动物零距离接触。

南非有国家级、区域性公园以及自然保护区近400个，是世界上自然生物最多的地方。南非的自然和动物保护在全世界享有美誉，其设施的先进列世界一流水平，创造了人与自然和谐相处的范例。

好望角是欧洲人发现的，虽然发现至今已经500多年了，但好望角依然保持着原始的韵味，植被没有遭到破坏和污染，现代文明的脚步仿佛在这里

进入好望角的大门(有点中国特色)

停滞了。这里有千余种动植物。大西洋的暖湿气流和印度洋的冷干气流的相互作用，使这个地区形成了相对比较多样化的植被。由于靠近海边，植物大多为低矮的灌木，这里仅灌木品种就有千余种，还有各种奇花异草。现在整个开普敦半岛都已经被划为国家生态保护区，因此这里的生态基本还是保持着比较自然原始的状态，没有经过人为的破坏和开发，环境保护得非常好。

穿过好望角自然保护区后，就会看到一片开阔的海滩，这里就是好望角的山脚下。在海滩的尽头有一处岬角静静地矗立在海浪中，这就是令人神往的好望角了。这里的海风风力很大，每年至少有100多天是狂风巨浪的天气，海浪最高时可达15米以上。

即使平常的日子里，好望角的风力也保持在十一二级左右，海浪一般都在2米左右，我站在好望角的海边，根本就站不稳，感觉随时会被风刮到海里一样，海风掀起的白浪拍打着沙滩，浪花随着海风飞到我们的脸上，一会儿衣服上还有脸上就布满了一片小白点点，用舌头舔舔感觉咸咸的。由于长年的巨浪拍打，好望角海滩基本上都是大块的磨光的鹅卵石，山脚下海岸两侧也大多都乱石嶙立，看上去充满险峻，真不愧为“风暴之角”。

好望角的海边和山脚下都立了木牌，上面用英文写着“好望角 非洲大陆的最西南端”，还标有“东经18度28分26秒”和“南纬34度21分26秒”的字样。

大狒狒背着小狒狒大摇大摆地走在大路上

好望角自然保护区里的鸵鸟

好望角山上巨大的芦荟

好望角是葡萄牙航海家巴特罗缪·迪亚士发现的。他于1487年8月为了寻找前往印度的新航线，从葡萄牙里斯本出发前往非洲。在经过纳米比亚的安哥拉佩克纳里遇到了强大的风暴，将他和他的航船一起推向了茫茫的大海深处。经过十多天的随波逐流，他们终于等到了风平浪静，就在他们准备返航时，他们的航船进入了一片陌生的海域，一片迷人的海湾，在这个海湾中，风大浪高的程度无法形容。远远看去有着谜一样的海角，他们认定，这神秘的海角是通向印度的最佳通道。1497年7月，航海家达伽马奉葡萄牙国王的命令，探索前往印度的新航线，他们沿着巴特罗缪·迪亚士开辟的航线，穿过好望角，第二年抵达印度。

好望角位于非洲大陆的西南端，也位于大西洋和印度洋的汇合处，由于这里风向很难把握，经常会刮起十级以上的大风，风大浪高，被比喻为“风暴角”，这里经常会发生海难事故。但这里又是大西洋和印度洋之间航运的主要线路，因此，每到恶劣天气，各国船只路过好望角时都会绕道而行，以保安全。

在好望角的岬角处修建了一座白色的灯塔，为那些行驶在好望角上的船只指示方向。好望角前是波光粼粼的大西洋海湾，后面是神奇的桌山，虽然经过了历史的变迁和岁月的磨砺，但风采依旧。站在山顶观赏好望角，

好望角自然保护区

不是想把这个牌子拿回家，而是让你知道我所处的位置

在好望角海边留个影

这里有小电车通往好望角的最高处

惊涛骇浪，气度恢宏，展现出壮美无比的魅力。

我在好望角遇到一个南非老太太，她是参加老年旅行团专程到好望角来旅游的，在国外，坐着大客车旅游的大多是老年人，而年轻人大多独自旅游。老太太一看到我就主动过来和我打招呼，竟然会说汉语："你好，朋友。"我也用不太熟练的英语和老太太进行简短的交流。她问我从哪里来，我说我从辽宁大连来，她竟然知道大连，还说她有两个女儿都在中国，一个在北京，一个在武汉，她特别喜欢中国。她还说她到过中国，并向我要了邮箱地址，我给她写了我的邮箱地址，还把我的MSN地址也给了她。她给我留了一个伊妹儿的地址，还和我一起合影，然后一再告诉我让我把照片给她发过去。只是回国后，按着她给我的地址，我给她发伊妹儿，不知道怎么无论如何也发不过去，只好把这个照片放在我的电脑里收藏了。我真心地祝福她快乐幸福，但愿这个快乐的老人家能了解一个中国女孩的心愿。

好望角惊涛骇浪

好望角海滩上全是被风暴磨砺的鹅卵石

空城计

我们从开普敦重新回到约翰内斯堡，住在约堡的PROTEA HOTELS。虽然我们曾经路过约堡，但是没有走出机场，而是从约堡直接转机到开普敦去了。

似乎是我们冷落了约堡，约堡也同样冷落了我们。在约堡的短短两天时间里，让我们感受到了一个不一样的约堡。

从机场到新华园饭店吃过晚饭后，导游小吕就往酒店里赶我们。吕导一路上还和我们不停地治气，因为我们想晚上安排点儿活动，如果能去赌场小试一下身手岂不更好？但是吕导说什么也不同意，吕导说约堡的夜晚治安非常地差，我们住的酒店到赌场要经过一个黑人街区，那里非常危险，拦路打劫的非常多，他无论如何也不愿意带我们去那里。一想到才刚刚晚上六点钟就要在宾馆里呆着，浪费那么多好时光，大家心里就不舒服，但吕导态度十分坚决，反复说，你们不住在这里不知道，平时我们自己出入黑人区都很注意，晚上根本不敢出门。现在南非黑人和华人是当地最不安全的因素，有一些人专门抢劫华人，还有华人抢劫华人的。吕导说他们住在那里，平时不敢乱交朋友，做任何事也不敢张扬，非常低调。同行的史先生弟弟就在南非，就打电话给他弟弟，问可不可以带我们出去。史先生的弟弟也是非常坚决地说，不行，所有到约堡的游客，晚上只能在房间里呆着。而且到南非的所有客人不许单独去见朋友和客人，担心有人跑路。

从机场到酒店的路上，我们基本领略了约堡的大概：造型各异的高大建筑物鳞次栉比，四通八达的现代化高速公路网覆盖着整个城市。市中心巨厦林立，政府机关、银行、车站、证券交易所等都是极其新颖的现代建筑，古建筑物只在老城区尚存少许，且都非常破旧，没有得到很好的保护。在去约堡国际机场的公路旁，有大量的贫民窟，都是一些破旧的铁皮房，不难看出南非悬殊的贫富差距。

约翰内斯堡是南非第一大城市，是非洲的第二大城市，也是世界最大的产金中心，是名副其实的黄金之都。约堡海拔1760米，常年气温在摄氏20度左右，冬无严寒，夏无酷暑，面积269平方公里，人口600万，有一半以上的黑人。约堡原来是一座农场，1880年殖民者用两头牛换来了农场，1928年正式建市，如今的约堡是南非最重要的工业中心，附近方圆240公里一带有60多处金矿。工业产值举足轻重，有大型矿山机械、钻石切割、化学、医药、纺织、电机、汽车装配、橡胶等工业，金融、商业发达，南非证券交易所、各大公司和银行总部多设于此，是非洲南部的金融中心。约堡是南非铁路和公路枢纽，30多个国家在此设有总领馆、领馆或名誉领事。

南非最大的黑人城镇索韦托位于约堡西南约20公里处，人口100多万。初为黑人矿工的合法聚居地，后形成黑人城市，20世纪50年代后逐渐成为南非黑人反对种族隔离斗争的基地。1955年，非国大在索韦托的克利普镇通过著名的《自由宪章》。曼德拉、图图大主教等均在此领导过反对种族隔离制度的斗争。1976年6月16日，黑人学生强烈抵制用阿非利卡语教学，举行大规模示威游行，遭当局武装镇压，发生震惊世界的“索韦托惨案”。新南非诞生后，非国大政府将索韦托树为黑人翻身做主的样板，大力改善黑人生活、加强基础设施建设等，成效明显。

然而难以置信的是这座财富之都，也是世界上犯罪率最高的恐怖之都。南非的法律相对比较宽松，18岁以下的青年如果犯了杀人罪最多只可以判3年徒刑，还有取消死刑等法律，这些宽松的法律成了罪犯的保护伞，一些不良青年在18岁前疯狂作案，抢劫钱财。在南部非洲耀眼的烈日下，在繁荣的表面下，潜藏着罪恶。由于黑人总统曼德拉执政后，为赢得更多黑人的支持，在南非废除死刑，允许私人拥有枪支，使得社会治安日趋恶化，抢劫杀人事件屡见不鲜，还酝酿了一股种族冲突气氛，让中产阶级或代表南非的大资本公司不得不往北边郊区迁移。此外，惧怕风险的外国资本也跟着向外迁移，造成市区的餐厅、俱乐部、夜总会等相继关门，使得这座热闹喧哗的黄金之都，到晚上仿佛变成了一座被遗弃的城市，显得那么冷清。

我们从饭店往酒店走的时候也就刚刚6点多钟，约堡刚刚有点傍晚的感觉，但主要的市区、商业网点周围都下班了，马路上除了飞快奔驰的车辆外，只有几个黑人偶尔走过街道，大街上冷冷清清的，仿佛刚刚经历过一场战争，所有的人都在屋里，街道上消失了人声。

从酒店十五层阳台往下看去，夜晚的约堡是那么的迷人，不远处的非洲最高建筑——169米高的南非电视台就在夜色中闪耀着梦幻般的风采，几乎所

有的公共建筑都是通宵明亮，整个城市看上去仿佛一个不夜城，五彩缤纷。但仔细朝我们住的酒店附近的大街小巷看去，繁灯似锦的约堡大街小巷上却几乎空无一人，四周静寂得有些恐怖，才不过刚刚七点多钟，街上却死一般的寂静，约堡犹如空城一样的寂静无声。

看来，要了解真正的约堡只能等明天了。也好，正好这些天旅途劳顿没有好好地休息过，趁着这个寂静的夜晚，早早地睡下，好好地做个美梦。只是刚一躺下，我不禁又爬起来了：既然约堡的治安这样糟糕，那住在酒店里就安全了吗？一想到这，四周的寂静就让我害怕。我把屋里的沙发和凳子推到了门口，又反复检查确认门窗锁好关严后，才重新上床。等第二天早晨，我和同行的高先生说晚上用凳子和沙发堵门的事，谁知道他竟然和我一样，也把门堵上了。我笑话他，你一个大男人害怕什么？他正色道：男人怎么了，男人也只有一条命。

哈哈，不是我们胆子小，而是约堡的夜晚实在是让我们不放心。

“彩虹之国”的三都之魅

诺贝尔和平奖好像特别地钟情于总统，2009年的诺贝尔和平奖颁给了美国现任总统奥巴马，无独有偶，1993年的诺贝尔和平奖颁发给了纳尔逊·曼德拉。也就在曼德拉获得诺贝尔和平奖的第二年，借此东风，1994年4月，南非举行了历史上第一次多种族的大选，曼德拉当选总统，结束了白人执掌南非政治的历史，开启了南非和平的新篇章。

南非位于非洲大陆最南端，被称为“彩虹之国”。南非有着延绵近3000千米的漫长海岸线，南非的东、南、西三面环海，也是大西洋和印度洋的交汇处。北部接壤纳米比亚、博茨瓦纳和津巴布韦，东北部与莫桑比克、斯威士兰相邻。

南非是世界上唯一有三个首都的国家，其行政、司法和立法分别位于三个不同的城市。行政首都比勒陀利亚（Pretoria），司法首都布隆方丹(Bloemfontein)，立法首都开普敦（Capetown)。开普敦同时也是南非最古老的城市。

100多年前，在南非曾经有4个国家，它们分别是开普共和国（首都开普敦)，纳塔尔共和国（首都德班)，德兰士瓦共和国（首都比勒托尼亚）和奥兰治共和国（首都布隆方丹)。

1910年英国将开普、纳塔尔、德兰士瓦、奥兰治4个共和国组成南非联邦，在确定南非联邦的首都定在哪里时，各个共和国互不相让，最后达成妥协，把行政首都定为比勒陀利亚、立法首都定为开普敦、司法首都定为布鲁方登（布隆方丹)，而德班就成为了著名的国际贸易之城。

南非的政治制度非常独特，以三权分立为主要表现形式。政府为国家、省级和地方政府三级结构，全国9个省份中每个省都有各自的立法机关。除了制定本省的法律外，也可以制定本省的与国家宪法相一致的宪法。

南非的司法首都布隆方丹，是南非奥兰治自治省的省会，是南非最高司法机关的所在地。南非的第一家私立监狱就位于这座城市。布隆方丹在荷兰语中译为“花之源泉”，但作为一个司法之都，除了满目的鲜花和迷人的自然风光以及各种风格的欧式老建筑之外，在这座城市处处可见庄严所在。这里的每栋标志性建筑仿佛都与司法有关。在布隆方丹市中心的主要大街上，最醒目最吸引眼球的是南非最高法院建筑。而在最高法院的对面就是议会大厦，还有为纪念第二次南非战争中死去的妇女和儿童所建立的国家纪念碑，这一切无不向你展示这座城市的庄严神圣。

《上帝保佑非洲》这首歌曲当年就是从布鲁方丹开始传唱的，如今这首由黑人牧师创作的歌曲成为南非的国歌。

上帝保佑非洲

愿她的荣光能振奋得更高
也听到我们的祈祷
上帝保佑非洲——您的孩子
上帝我们请求您
保护我们的国家
结束每一个斗争
保护我们，保护我们的国家
国民的南非
南非共和国
从我们的蓝色的天堂响起
从我们的海洋环绕
在不朽的山上
在回声的峭壁共鸣
呼唤的声音不断地传来
团结的我们将会挺立
让我们居住并且努力争取自由
就在我们的南非，我们的家

曼德拉当选总统后，在这个阳台上接见他的选民

比勒陀利亚

比勒陀利亚是（proteria）是南非行政首都，德兰士瓦省的首府，也是南非的政治、经济、文化、教育、科研中心，拥有比勒陀利亚大学、南非大学、国家天文台和各种研究机构，有30多个各类博物馆，还有世界一流的体育场馆、国家歌剧院等。

比勒陀利亚位于东北部高原的马加莱斯堡山谷地。海拔1300米以上，年平均气温为17℃。比勒陀利亚得名于布尔人的领袖、曾经开发南非的城市创建者马尔锡拉斯的父亲——安里斯·比勒陀乌斯（Andries Pretorius）。如今父子二人的雕塑仍然屹立在市政厅门前。

拥有200多万人口的比勒陀利亚是南非行政首都和政治中心，始建于1855年，为白人殖民者所建造。1860年，它是布尔人建立的德兰士瓦共和国的首

比勒陀利亚市政厅

都，1900年被英国占领，1910年起，成为白人种族主义者统治的南非联邦（1961年改为南非共和国）的行政首府。

比勒陀利亚土地肥沃,温暖的亚热带南半球气候提供其充足的阳光和雨水。这里植物繁茂，树木高大，鲜花锦簇，街道两旁种植紫薇，又称“紫薇城”。它仿佛被绿树和花卉包围着一般，十分的迷人。市中心的教堂广场上耸立着保罗·克鲁格的雕像，他是德兰士瓦（南非）共和国的首任总统，其旧居已改为国家纪念馆。广场一侧的议会大厦，原为德兰士瓦州议会，现为省政府所在地。著名的教堂大街全长18.64公里，为世界最长的街道之一，两侧摩天高楼林立。联邦大厦为中央政府所在地，位于俯瞰全城的小山上。

比勒陀利亚街道上到处都种植着紫薇树，巨大的树冠遮挡着非洲高原强烈的阳光，为这座非洲高原上的国家平添了许多魅力。这些树是1960年由市议会决定种植的。由于连年地种植繁茂地生长，这座城市也成了紫薇之城，每

比勒陀利亚街景

年10月是紫薇花盛开的季节，在这个月的第三个星期，要举行持续一周的紫薇花嘉年华会，举办各种庆祝活动，来欢庆紫薇花的盛开。

想象着一个城市为花的盛开而怒放，为花的盛开而跳跃，为花的盛开而歌唱。紫薇花成了这座城市的骄傲。

在比勒陀利亚著名的教堂大街上，有一条从教堂广场一直延伸下来贯穿整个广场的南非最长的街道。在这里有很多殖民地时期的保存完好并富有价值的风格各异的老建筑，由南非首任总统保罗·克鲁格的旧居改建的国家博物馆也位于其中，教堂广场是比勒陀利亚的发源地，广场中央的保罗·克鲁格的青铜雕塑让我们感受到了先人的伟大与曾经的荣耀。

比勒陀利亚街道上到处都可以看到古迹

各种南非特色的纪念品

建于1913年的南非著名的联合大厦被称为比勒陀利亚的地标式建筑，这座古希腊式建筑风格的三层楼大厦建设在山麓之上，以红色为基调，被四周五彩的鲜花、碧绿而繁茂的树木环绕，别有一番风情。联合大厦是南非总统和部分官员的办公室，1994年南非总统曼德拉就是在这座大厦宣誓就职的。

联合大厦是由著名的设计师赫伯特·贝克爵士设计的。赫伯特·贝克爵士（Sir Herbert Baker）（1862年～1946年）从1892年到1912年的20年，主导了南非的建筑。他出生于英国的肯特考勃哈姆，并在伦敦进修建筑学。他于1892年来到南非，并于1893年由赛西尔·罗兹雇用，要改建葛鲁特歇尔。

贝克很快地在建筑上受瞩目了，并被约翰内斯堡富有的矿业巨头委托设计一些建筑，他还设计了商业楼宇及公共建筑。1909年，贝克被委托兴建工会大厦，南非政府的所在地。1912年，贝克前往印度工作。1926年，贝克被封为爵士，并在1927年获得英国建筑师皇家协会的金质奖章。他于1946年死于肯特。

身后是曾经的战场

大迁徙之歌

到比勒陀利亚不能不到大迁徙纪念馆。

南非的历史上有一次大迁徙。1834年，居住在开普敦的6000多布尔人，为了摆脱英国殖民者的黑暗统治，成群结队，组成了浩浩荡荡的迁徙大军，将他们的财产和家具绑在大篷车上，扶老携幼，离开了开普敦，向着北方和东方行进，开始了南非历史上规模最大、路途最远、时间最长的大搬迁。他们团结一致，一路上躲避侵袭，浴血奋战，行程1600千米，终于在德兰士瓦省和奥兰治两省安定下来，迁徙历时3年之久。

大迁徙纪念碑是一座矩型建筑，由著名建筑师Gerard Moerdijk设计。纪念碑高41米，碑里面是南非最大的纪念馆。大迁徙纪念馆也叫先民纪念馆，位于南非北部比勒陀利亚城市南部入口处的一座小山上，完全是由石头建成的，远远看去犹如一个巨大的纪念碑矗立在天地间。

大迁徙纪念碑建筑风格独特，气势恢宏，所用的建筑材料大多由石头构成，外墙四周镶嵌着先人雕塑。馆外建筑的四个墙角树立着大迁徙领导者的

当年的大迁徙路线

大迁徙纪念馆内迁徙者蜡像和马车

大迁徙纪念碑正面墙体上的雕塑

大迁徙纪念馆外墙四个角都有这样的雕塑

纪念碑广场上的雕塑

大迁徙纪念碑建筑

大迁徙纪念馆外的大炮

纪念碑外侧的走廊设计颇为独到

雕塑，纪念馆外的围墙上有描述迁徙的64辆迁徙车的雕塑，与实物大小一致，展现了大迁徙的历史原貌。在大迁徙博物馆里存放着当时迁徙时的人物雕像和大篷车模型，还有布尔人的日常用品和劳动工具。馆内有一些布尔人生活习俗的展览，还有一些布尔人当年迁徙时的地图、行走路线以及曾经遭受过祖鲁人侵袭而抗争等场景的图片、历史资料等，很好地展示了这一时期的历史。

大迁徙纪念馆的雕塑设计充满了智慧，每一尊雕塑都与巨大的建筑浑然一体，看上去既充满灵气又协调一致。建筑本身和周围的环境也相得益彰，每一个细节都那么精致而用心。设计师的大胆而巧妙的设计，使这栋建筑成为比勒陀利亚最伟大的建筑，也成为享誉世界的建筑。先民纪念馆自1949年建立至今，获得了无数的奖项，并在2006年的时候，荣获非洲最佳博物馆的称号。

桌山——上帝晚餐的桌子

无论是从海上还是从陆地上，只要你一进入开普敦就会看到，在开普敦半岛上犹如一面巨大的屏风般的大山——桌山。

桌山位于开普敦半岛上，海拔1087米，由狮子峰与信号山等不同的群山组成。桌山是开普敦的标志，也是南非的标志，被称作南非的国家纪念碑。桌山的奇异之处就在于偌大的山顶像是用刀削过被斧头砍过一样，平坦而开阔，同时桌山上的特殊的岩石结构，又使桌山的表面充满层层褶皱。桌山没有平常的山峰那样峥嵘，也没有尖锐挺拔的陡峭山崖，山顶平坦，两侧峻峭，朴实自然。从山顶到山脚下自然地慢慢张开着，形成了一个自然天成的景观。每到傍晚时分，桌山顶上就开始弥漫着一片淡淡的白云，这些白云慢慢地把桌山一点点儿覆盖住，远远看去像一块白色的桌布一样，将桌山严严实实地盖住了。

桌山上都是黑灰色的岩石，桌山没有挺拔和高不可攀的英姿，却有着伟岸、平和、温和的气质，给人一种亲切感。在桌山的正中间位置有一个圆形地图，标明世界主要国家的方向，上面还标注着从桌山到世界各地主要城市的公里数，许多人聚集在那里寻找着自己国家的位置和所处的方向。我在那里找到了北京和香港。从北京到开普敦的桌山直线距离是1294千米，我顺着方向盘指着的北京方向眺望了很久，虽在异国他乡，却犹如北京就在眼前一样，感觉十分的亲切。

桌山终年云雾缭绕，充满了神秘的魅力。我们坐着边上升边360度旋转的缆车到了桌山

桌山上有到世界各地的公里数，中国香港赫然在内

桌山顶上的岩鼠

山顶，桌山山顶长1500米，宽200多米。在桌山顶上，开普敦的全貌就像优美的画卷铺展在眼前，一望无际的大西洋上漂浮着一座小岛——罗宾岛，它就是当年的“监狱岛”。

15世纪末，葡萄牙航海家发现好望角后，桌山就成了海上风暴中航行的船员们的避风港和福地。当年的船长还将美酒和金币还有许多贵重物品奖给了发现桌山的人。1503年，葡萄牙航海家德萨尔达尼亚为了弄清桌山对面天然良港——桌湾的确切位置，独自攀上了山顶。他也成为至今文字记载的世界上登上桌山的第一人。

桌山是南非人的骄傲，他们认为桌山是上帝送给他们的礼物。每到傍晚，桌山上就会有一层薄薄的白色的云雾轻轻地静静地在桌山上飘浮着，远远看上去就像是一块洁白的桌布，非常的神奇，每到此时，开普敦的人就会说“桌面已经铺好了，耶稣开始用晚餐了”。果然，也就是一顿饭的工夫而已，再看桌山，云雾不知何时早已不知去向，这时再看看眼前的维多利亚湾和不

桌山顶上鸟瞰开普敦

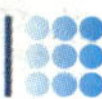

耶稣铺上了白色的桌布，准备开始用晚餐了

远处的桌山顶上，真是非常的奇怪，再也不见一丝云雾，天空变得清澈湛蓝而深邃，海天山色浑然一体，桌布也不见了，眼前只有美不胜收的景致。开普敦的人这时会告诉你："耶稣已经用完晚餐了，连桌布都收起来了。"

我们吃过晚餐时已经天黑，再看桌山却又是另一番美景。智慧的开普敦人十分热爱桌山，在桌山周围安装了许多巨型探照灯和各种灯饰，璀璨的灯火使夜晚的桌山更加的妩媚多姿。

通往桌山山顶的是一个可以四周旋转的吊型缆车，一次可以装100多人。悬挂缆车的索道是由挪威工程师斯特罗姆索设计的，采取架空式设计，使缆车边旋转边顺着悬崖峭壁直达山顶。此索道和缆车于1929年正式投入使用，整个索道高1220米。你只要坐在缆车里，就可以从不同角度，边上升边尽览桌山脚下不同的美景，而这个过程只需要短短的五分钟。虽然坐在缆车里陡直向上升时，会发现悬空的脚下是让人眩晕的城市，而不时会挡住视线的悬崖峭壁又让人心生恐惧，但却充满了刺激，缆车里的游客不时会发出兴奋的尖叫，真是开心不已。

桌山顶上虽然不见水源，植被却非常繁茂，还有山顶鼠和岩兔等小动物穿梭在岩石间，非常地有趣。

我终于登上了桌山。桌山山顶上视觉很开阔，可以尽览开普敦的风光。从

桌山脚下的道路和住宅

桌山往西的方向，可以看到在浩渺的大西洋上，有一个椭圆形的绿色小岛，在风暴中骄傲地挺立着，这就是著名的罗本岛。罗本岛只有5.2平方千米，被称作死亡岛，因为从1615年起，这里就是专门的监禁和流放之地，后来也关押过麻风病人，1960年开始成为专门用来关押黑人囚犯的监狱。南非的黑人领袖曼德拉就曾经在罗本岛上度过了18年的囚禁生活，同时也在18年间完成了南非大学的法学学位，还阅读了大量的政治、经济、历史以及艺术等书籍，并最终成就了南非黑人的梦想。

罗本岛曾经是海军基地，岛上还有碉堡、战时使用过的工事、二战期间曾经装备的巨型大炮等等。如今的罗本岛上有一家一周只营业一天的银行，据说，这家银行是目前非洲最小的银行。

桌山顶上游人如潮，桌山顶上的咖啡屋里已经座无虚席，卖冰激凌的小店前也排起了长队，南非纪念品小店里的商品琳琅满目，因为我手里暂时没有南非币，他们又不收美元，看好的东西都不能买，正在我着急的时候，同行的安先生告诉我说，在这个小店里可以刷中国工商银行的卡。 真的吗？我有点不相信，这么偏远的地方，桌山顶上，可以刷中国工商银行的卡，我立马从钱包里拿出工商行的银行卡，售货小姐一个劲地“OK！OK！”，真是让我喜不自禁，我把早就看好的一个木制黑人美女小塑像和几张南非桌山的明信片等一大堆纪念品抱到收款台前，一会儿，打印机发出轻快的声响，中国工商银行的卡在桌山顶上完成了交易，而我也抱着礼物，心满意足地离开了桌山。

难舍南非

终于看到了阳光下的约翰内斯堡了。

从比勒陀利亚开车往南行驶40公里就到达了约翰内斯堡。这个南非最大的商业城市，是南非经济最发达的地区，也是全世界最大的产金中心。一段时间里，南非黄金的产量曾经占据全世界黄金产量的60%以上，黄金产业也成为南非最大的产业，也是国家的支柱产业，黄金也使南非成为经济强国。南非的沙石里含金量很高，可以说到处都充满了黄金，南非是真正的黄金之国，而约堡就是用黄金铺就的城市。

传说南非的黄金是一个澳大利亚淘金者乔治·哈里森发现的。哈里森执著于寻找金矿，他和许多淘金者一样，认定南非有黄金，做着发财的美梦。他先后在南非的许多城市与乡村寻找金矿，但都失败了。1885年，哈里森和朋友乔治·沃克一起来到巴伯顿，为了解决生计问题，他们两人帮朗格拉特农场建造房子。1886年3月的一个早晨，哈里森在农场附近的山顶上散步，被草丛中的一块石头绊倒，哈里森非常气恼，他爬起来，拿着锤子把石头砸得粉碎，然而让哈里森吃惊的是，锤子在砸向石头时，那块破碎的石头在四处飞散时却闪耀着金色的光芒，这金色的光芒也照亮了哈里森的心。哈里森用锤子砸出了世界上最大的金矿。

哈里森发现了世界上面积最大的金矿矿藏，全长430公里，宽24公里，整个金矿山脉呈弧形，整个山脉是世界上最古老的富含金矿的岩层，地质保持良好，没有遭受到岁月的侵蚀与破坏，岩层接近地表，又经风化沉淀堆积而形成黄金矿脉。哈里森用他的努力，赢得了巨大的财富，他最终得到了比勒陀利亚政府颁发的“金矿发现者所有权证书”，还得到了免税开采的待遇。哈里森因无资金开采金矿，便将农场分别拍卖给了别人，从此以后，世界各地的黄金开采者汇集到约翰内斯堡，这里成了真正的黄金帝国。当时有一位叫约翰内斯的行政官员第一个到金矿视察，这座小镇就取名“约翰内斯堡”，隶属于比勒陀利亚，1982年才正式改为城市建制。

而今，给约堡乃至整个南非带来财富的哈里森，已经成为南非人的骄傲。哈里森的雕像就耸立在约翰内斯堡司末兹机场到市中心24公里处的公路旁，哈里森左手握住小锹，右手举着金矿石，脸上是惊喜异常的表情。

据说当年开采金矿时挖掉的矿石沙子都用来修筑公路和街道了，这些矿石沙石都是只经过粗略开采而未经过深入提炼加工的含金矿石沙石。如今在车轮之下和踩在约堡人脚下的马路、街道可以说到处都铺满了黄金，南非人走的才是真正的闪闪发光的黄金大道。

如今的克朗矿已经改名为南非黄金博物馆，成为南非著名的旅游景点，一些开采后的矿区都被开发为黄金主题公园。

就要离开约堡了，我们在导游的引导下来到了南非的超级市场里。与国内的超市不同的是，在南非的超级市场里不只卖大路货，所有世界顶级的品牌都可以在超级市场里买到，一些欧洲的名牌时装、手包、手表和日本的电器等等应有尽有，超级市场的名牌商品比国内的要便宜很多。来自中国的商品大多摆在了普通货品区，看上去没有什么特点，也没有什么竞争力。在南非中国商品是便宜货的代名词，而买中国货根本不用到超市里，夜市里、地摊上到处是便宜的中国货，而南非小商贩中的主力军也是中国人，有许多中国人在南非卖小商品起家，在这个黄金国度里挣得钵满盆满，发了大财。

太阳之星里都是最珍贵的钻石

这些人物都是太阳之星的董事

我们在前往机场的公路旁终于看到了海信电器的广告牌，这是我们在南非第一次看到中国商品的广告牌，感觉异常的亲切。

南非除了盛产黄金，同时也出产钻石，世界上最著名的钻石品牌金伯利就取自南非的地名。1866年，一个15岁的少年在金伯利附近两河交汇处的河滩上发现了一颗色彩斑斓的石头，这就是在南非发现的第一颗钻石——21.25克拉的“尤瑞卡”，3年后又一颗83.5克拉的“南非之星”钻石被发现，从此金伯利成了南非的钻石之城。

因为在国内的电视里或者商场里经常会看到金伯利的广告，到了南非才知道金伯利的由来，由此也对钻石产生了兴趣。我们到了一家华人开设的叫“太阳之星”的钻石商店，据说这里是华人在南非开的最大的钻石中心，在南非有很高的知名度，江泽民主席访问南非时还专程到这里参观。太阳之星里展示和出售的钻石、宝石以及相关产品琳琅满目，真是钻石和宝石大荟萃。

离开约堡之前，我们在导游的引领下到了南非人最喜欢去的赌场参观，在

Congratulations

We have taken every precaution to ensure the accuracy of this payment for your protection!

Please check carefully that this envelope contains the correct monetary value, as any errors made cannot be rectified later.

赌场里赢钱后装钱的信封，
我赢了3059.00元

约翰内斯堡有许多赌场，这些赌场分属于美国、英国、南非等不同的大赌业集团，我们是吃过午饭后到的赌场。赌场装饰得金碧辉煌，里面人不是太多，因为我们去的赌场不收美元，而我们又没有南非币，只好求助于导游。导游手里也只有不到200元的南非币，等大家换完了，就只有20元了。同伴们拿着钱在赌场里四下散开了，有的玩21点，有的去玩轮盘。我以前出国时到过赌场，对各种玩法略知一二，不过，这次由于“赌资”有限，我只能玩玩老虎机。我选了一个最小币值的老虎机去拍着玩，就当是消磨时间吧。我把20元钱全部输入到老虎机里，一下一下拍着玩，眼看着20多元只有3块多钱时，同伴史先生来到了我的身后，他刚刚把手里的钱输掉，正在赌场里参观，看到我的战绩，就笑着说我快完蛋了。我也准备再拍几下就收手，结果正和他说话的功夫，眼前的老虎机突然地叫了起来，音乐也有节奏地响了起来，机器上出现了15次免费自动拍机的奖励，更离奇的是在15次还没有自动拍完时，机器又奖励了15次，哈哈，真没想到还有这等好事。我眼前的老虎机不停地播放着音乐，引得不少人前来围观，旁边一个南非黑人妇女跳起来，过来和我握手，竖起大拇指向我祝贺，还一个劲地叫着“GOOD!”。我的机器在只有3块钱的时候送给了我一个大奖，真是太兴奋了。

等老虎机终于停止了叫闹时，一个穿着水蓝色制服、戴着领结的英俊的黑人小伙子走过来，把一个卡插到了老虎机上，锁住老虎机，然后示意我坐在座位上不要离开，过了不久，黑人小伙子回来了，手里拿着一个信封，微笑着递给我。我打开信封，呵呵，真是想不到，我中了3059元的南非币。

约堡真不愧为黄金之城，不仅为我带来了财富，更给我带来了惊喜和快乐。

到机场后，我看还有些时间，就到机场的商场里买了一些南非特色的礼品，然后找到专门兑换外币的柜台，把没有花完的南非币兑换成美元。这时，广播开始登机了，我跟在长长的队伍后面开始登机。飞机终于起飞时，我从窗口往下看去，偌大的约翰内斯堡在天空中一点点儿变小了，变遥远了，变模糊了，而同样模糊的，还有我潮湿的双眼。

约翰内斯堡，美丽的黄金之城，钻石之城，阳光之城，你不尽完美，却是那么可爱，你拥有财富，也充满魅力。虽然才刚刚与你相识，却让我难言再见，难舍南非。

第三部

阿根廷，别为我哭泣

世界上最富有的国家

阿根廷被喻为世界上最富有的国家之一，除了阿根廷优良的自然地理环境和怡人的气候条件以外，更有人说是借助了“外力”。二战以后，德国等一些欧洲国家的大款们纷纷去往国外谋生，他们既不能走得太近，又不想走得太远，于是他们几乎同时选择了阿根廷，把余生安置在这里。他们非常富有，手中握有大把大把的钞票，在阿根廷过着上流社会奢华的生活。

阿根廷位于南美洲南部，面积2780400平方公里，海岸线4000多公里长，仅次于巴西，为拉美的第二大国。虽然地处南美，但阿根廷却是一个十分欧化的国家，不仅城市居民几乎都是欧洲移民的后裔，而且街道布局、城市景观以及居民的生活方式、风俗习惯、文化情趣等等，处处显露出欧洲风情，被喻为“欧洲的后花园”。

阿根廷的首都布宜诺斯艾利斯位于阿根廷东部沿海的拉普拉塔河的河口右岸，是阿根廷经济、文化和交通的中心，也是阿根廷和南半球最大的城市，位于南美洲的中纬度地区，是南美洲商业和工业、交通中心以及对外联系的海陆空港口。布宜诺斯艾利斯集中了全国35%以上的人口、2/3的工业产值，国民生产总值占全国的一半，被誉为“南美洲的巴黎”。

布宜诺斯艾利斯(Buenos Aires)是西班牙语“好空气”的意思。据传，1535年的一天，西班牙探险家门多萨率领一支船队，来到南美洲第二大河拉普拉塔河河口，当时微风吹拂河面，空气十分清新，一位船员禁不住感叹：“多好的空气啊！”

这种花被称为“五月花“.开遍了布市的大街小巷

由此，这个地方得名Buenos Aires。

如今的布宜诺斯艾利斯已经成为世界性的大都市，由于濒临大西洋，地处平原地带，空气流动性好，所以整个城市依然保持着优良的环境质量。

虽然阿根廷的经济增长较快，但是贫富差距却在加大。我们到阿根廷时，阿根廷的经济刚刚开始有点复苏，但还是能够看到经济危机带来的影响。

我们到布宜诺斯艾利斯最繁华的佛罗里达大街参观购物，这是一条步行商业街，全长2公里，街道两侧商铺林立，拥挤而繁忙，世界各地的知名品牌在步行街里都可以见到，还有伦敦、巴黎等世界上许多著名的大公司在商业街上设立分公司或者开设分店。佛罗里达商业大街两侧的商品琳琅满目，尤其以卖皮装、皮具、皮包以及皮鞋的商店最多，这里的皮制品质量优良，皮衣和皮鞋的式样好，貂、狐、水獭等裘皮服装也很著名，做工考究，式样新颖，品种繁多，价格适宜，来自世界各地的游客聚集在商业街上，给商家带来了丰厚的利润。同时，商业街还有舞厅、夜总会、饭店、影剧院等等，这里真是旅游者的天堂呀，难怪有人把这里称之为“南美百老汇”。

虽然人潮如织，但是导游李小姐告诉我们，由于经济衰退，现在的商业街的人气和经营状况大不如从前，为了吸引游客，商品的价格也比以前便宜了很多，这正好适合游客购物。

我在一家皮具店里选购了一个大号的皮包，是手工制作的，样式大方，特别的有品质，价格也十分的便宜，在国内这个价格根本买不到，同行的几个人也都选购了皮鞋、手袋等等，人人手里都不落空。

我因为拍照片太多了，两张相机储存卡都已经满了，翻来翻去的哪张相片都不舍得删除，于是就和导游一起到商业街上去买储存卡，结果找到的卡和我的相机不匹配。这时，远远地看到一家柯达冲洗店，我就进到店里让他们把储存卡刻成光盘，只一会儿工夫，光盘就制好了，我拿着刻好的四张光盘和清空了的储存卡，同导游一起，与正在购物的同伴们会合，一起前往下一个景点，再次将美丽的阿根廷装满我的镜头。

多事的五月广场

布宜诺斯艾利斯的五月广场是阿根廷的政治晴雨表，如果你在五月广场上看不到游行的阿根廷人，那就表示，这个国家已经获得了暂时的安宁。

五月广场是为庆祝布宜诺斯艾利斯建市400周年于1936年修建的，广场中央矗立着方尖塔形纪念碑，正面刻有“1810年5月25日”，是为了纪念阿根廷人民推翻殖民统治的起义日而建的。

不过，让人们记住五月广场的并不是这里的纪念碑，而是五月广场前时时出现的示威人群和政治活动。可以说，五月广场就是多事的广场。

阿根廷和许多拉美国家的示威游行及抗议等政治活动也颇具特色，他们采取的一种传统的抗议方式，就是拿自家的炒菜锅和勺子，走到大街上，边走边敲，高呼口号，以示抗议，俗称“敲锅抗议”。2001年在布宜诺斯艾利斯五月广场和国会广场上进行的一场“敲锅抗议”活动，甚至演变成了一场暴力活动，示威群众与警察发生冲突，一间国会大厅被烧，同时，因为骚乱还发生了群众哄抢与洗劫商场事件，至少造成20多人死亡，几十人受伤，还有许多示威者被警察逮捕。

我们3月初到达布宜诺斯艾利斯时，五月广场刚刚安宁了几天，就在十多

五月广场前执勤的警察

天前的2月17日这一天，在五月广场，一大群戴着白头巾的老太太在成千上万阿根廷人的簇拥下，庆贺她们的特殊节日"生命战胜死亡30周年"。而30年前的1977年，一大群绝望的母亲们来到了五月广场举行抗议示威，从此，她们再也没有离开，连她们的集体名字都与这一地点相联。他们之中有寻找孙子的奶奶、有寻找儿子的父亲、有寻找孙女的爷爷，"母亲"代表的是他们共同的名字。后来，她们正式命名自己的组织为"五月广场母亲协会"。2月17日那天，她们隆重庆祝"生命战胜死亡30周年"，即五月广场母亲运动30年周年纪念。

我们来到五月广场的时候，明显感觉到这里浓浓的政治气氛。正好当年是阿根廷大选年，虽然大选的正式开始时间要在10月份，但是从年初开始，各种与大选相关的活动已经陆续展开，五月广场上时不时会聚集许多持不同政见的示威者，在那里喊口号、静坐示威、演讲等等，开展政治活动，有的人甚至还向外国游客发传单。

因为五月广场前是国会大厦，为了维持国会的正常办公秩序，五月广场周围到处都是警察，更有无数的便衣在人群之中，让我们这些初到阿根廷的游客感到既安全又惶恐。

关注时事的阿根廷人

建筑博览会

阿根廷除了众多的城市广场、街心花园以及各种纪念碑和雕塑以外，还有各具特色的建筑。

阿根廷是个有着浓郁拉美风情的国家，建筑风格奇异多彩，几乎包罗了欧洲古今建筑的全部风格与造型，其建筑不仅具有浓郁的民族特色，更充满了个性与浪漫主义色彩，其中以建于19世纪末20世纪初的新古典主义建筑和建于20世纪90年代的现代风格建筑为主要代表，而这两个时期，正好是阿根廷历史上最繁荣的时期，各种风格的建筑在布市比比皆是。

阿根廷的国会大厦是一座意大利学院派建筑，位于国会广场西侧，于1887年开始建设，1906年建成，整个建设工期用了20年。国会大厦共4层，外墙以白色大理石做装饰，希腊式雕饰的立柱环绕整个建筑。大厦正中高高耸起一座穹顶塔楼，塔身中间一辆青铜四架马车凌空腾起。建筑最高处是直径20米的绿色的青铜穹顶。国会大厦整体建筑协调，设计精美，气势恢宏，与周围广场的环境和谐、协调，是世界建筑之林中的精品。

玫瑰宫是19世纪意大利风格的建筑，整个建筑高三层，东侧楼四层（有

在国会大厦前

一层位于地下）。玫瑰宫位于五月广场的东侧，是阿根廷总统和政府官员的办公地。玫瑰宫的外墙是粉红色。

有人说总统府选择粉红色是为了调和党派之间的矛盾，也有的说是为了保证外墙不褪色。玫瑰宫最早的建筑外墙涂料里面加上了石灰和牛血、牛油等才形成了粉红色，而且不易掉色。虽然玫瑰宫经过多次维修，但粉红色一直沿用100多年，从来没有变过。总统府的门前是四组雕塑。正门只有迎接贵宾时才使用，平时官员都走旁门。玫瑰宫上方有一根旗杆，只要总统在玫瑰宫办公，就会挂起国旗，如果总统离开皇宫，国旗就会收起来。1957年，阿根廷政府将玫瑰宫东侧的部分大厅改成博物馆，对公众免费开放。历任总统及夫人用过的物品都有展示，而总统只有离任30年后才有资格展出其物品。玫瑰宫本身就像一座博物馆，里面的画作、家具都具有很悠久的历史，玫瑰宫已经成

街头一角

五月广场前的纪念碑

这栋老建筑是一家自来水厂，已经有一百多年的历史

为阿根廷历史的一部分。

两会纪念碑位于国会大厦前面，远远看去庄重大气。两会纪念碑的建筑底座是一个宽阔的花岗岩平台，四个角上分别设计了四座铜制雕塑，雕塑是四个展翅欲飞的雄鹰。纪念碑顶上站立着一尊女性铜制雕塑，其意代表共和国的妇女。只见她右手持象征胜利的月桂枝，左手扶犁代表劳动，脚下踏着一条毒蛇，目光坚定，有力。纪念碑的中部两侧，各有一个妇女雕像，她们高举挣断了的铁链和国旗、国徽。紧靠纪念碑底座前边有一座音乐喷泉。花岗岩的水池周围，有一组生动的铜雕。一个男青年腰围飘逸的布裙，象征着奔流的拉普拉塔河水，他身边两位捧罐倒水的妇女则代表拉普拉塔河的两个支流，在他们前面有四匹骏马好似从水中腾跃而起，马口也是喷泉的出水口，此外还有造型逼真的蜥蜴、水蛇等拉普拉塔河流域的动物。

位于布市的科隆大剧院仅次于纽约大都会歌剧院和米兰斯卡拉大剧院，排名世界第三位。科隆大剧院建筑富丽堂皇，以意大利文艺复兴时期的建筑风格为主调，又兼具法国建筑的浪漫和德国建筑的坚固。科隆大剧院建成于1908年，距今已有100多年的历史。我们去科隆大剧院参观的时候，大剧院已经停止接待游客，外墙已经挂上了绳网和脚手架，正准备进行大规模的维修。

科隆大剧院正在维修

原计划是2008年5月大剧院百岁生日的时候重新开放，届时将上演意大利歌剧《阿伊达》，1908年大剧院落成时演出的正是这部歌剧。不难看出，阿根廷人对歌剧院的热爱和良苦用心。

科隆大剧院门前有一条著名的大街“七·九大街”，是为纪念1810年7月9日阿根廷独立日。“七·九大街”由北向南横穿城市，宽约140米，据称是目前世界上最宽的城市道路。

马岛，阿根廷人心中永远的痛

1982年4月2日，阿根廷军队突袭马尔维纳斯群岛和南乔治亚岛，宣布收复主权，由此引发马岛战争。经过74天的激战，阿军近千人阵亡，阿军战败，这是一场未经正式宣战的战争，外交家称为“武装冲突”，军事家则称为“马岛战争”，马岛战争以英国获胜和马岛自治而告终。

马岛纪念碑就建在布宜诺斯艾利斯的市中心，远远看去，狭长的纪念碑仿佛一道伤痕刻在了城市之中。虽然战争的硝烟早已散去，耳畔没有了炮声隆隆，眼前不见了烽火连绵，但阿根廷夺回马岛主权的意志和努力从未停止。要知道，阿根廷人是在自己家的门口被远道而来的英军打败的，马岛战争是阿根廷人心中永远的伤痕。

马尔维纳斯群岛位于南大西洋，由346个岛礁组成，总面积15800平方公里，其中只有东福克兰岛、西福克兰岛等15个岛屿有人居住，人口2000多人，大多为英国移民后裔。首府为斯坦利港。

悲壮的马岛纪念碑

其实关于马岛的纷争一直未断，尤其是马岛的主权问题一直在英阿两国之间纠缠不休。据有关资料显示，马岛是英国人约翰·戴维斯于1592年发现的，而阿根廷人则认为马岛是葡萄牙人戈梅斯于1520年发现的。1690年，英国人约翰·斯特朗发现东西两岛之间的海峡，并将其命名为福克兰海峡，并由此命名该群岛为福克兰群岛。18世纪初，大批法国人先后来到该岛，称之为马洛伊内群岛，后转化为西班牙语的马尔维纳斯群岛。1764年法国人在东岛建立定居点，1765年英国人在西岛建立定居点。1766年，西班牙以25万英镑的价格从法国手里买下东岛，1770年，西班牙又出兵占领西岛。1816年，阿根廷宣布独立，宣称继承西班牙对马岛的主权。

站在马岛战争纪念碑前，仿佛站在历史的滚滚风尘之中，不是耻辱和荣光的简单诠释，我思考的是那些曾经鲜活的生命，那些因战争而消亡的灵魂，那些为了国家而战死沙场的将士，那些为正义和真理而战的亡灵，那些为主权而争的志士，虽然永远铭刻在了纪念碑上，却成为阿根廷人民心中永远的痛。如今，那些在炮火中消逝的生命，都随着硝烟弥漫开去，再也听不到战机的轰鸣，再也闻不到战场上的硝烟，一切都灰飞烟灭，跟随着岁月的脚步，消失在时光与记忆深处……

马岛纪念碑前常年有人站岗

繁华的背后

由于晚上从巴西到阿根廷登机的时间一错再错，飞机晚点了，直到后半夜三点我们才到达阿根廷首都布宜诺斯艾利斯的机场。大家疲惫不堪地到达酒店，住到房间里后已经近4点多了，只好简单地收拾一下就休息了，感觉刚刚睡着，电话就响了，已经是早晨7点半了，到楼下匆匆地吃了点儿早餐就出发了。

虽然阿根廷拥有大片大片肥沃的土地，非常的富有，但是由于上个世纪30年代到80年代，阿根廷政治长期处于风云变幻之中，国家也动荡不安。文人执政和军人干政以及腐败等等，使得这个富有而发达的国家，面临着人为的灾难，经济也一度衰退。

1989年梅内姆当选总统后，实行私有化和自由市场经济，只用了六七年的时间，阿根廷就吸引了上千亿美元的外资，IBM、花旗银行、汇丰银行等全球性大企业纷纷进驻，有效地促进了阿根廷经济的复苏。如今，阿根廷一些现代化的建筑都是那个时代修建的。

五月广场上无助的妇女

现代化的高楼大多是梅内姆时期的建筑

我们还在五月广场的一角看到了一个老妇人的“住所”，她看我在拍照，立即起身离开了“住所”，但却没有真正地离开，而是躲在远处观察着我们，见我们一行人走远了，才重新回到了她的“住所”。这个露天“住所”就安置在警察的眼皮底下，与布宜诺斯艾利斯的繁华形成了强烈的反差。

在阿根廷经常会看到这样的流浪者的住所，这些流浪者因为各种原因过着贫困和流浪的生活。阿根廷原来贫富差距相对较小，中产阶级所占比重大。受经济危机等影响，贫困人口占全国人口的比例从1994年的16%升至2003年的51.7%，一度成为拉美地区贫富差距扩大最快的国家。2003年以来，阿政府重视扩大就业和增加对社会事业的投入，随着经济持续复苏和增长，贫困人口有所减少，据有关数据统计，到2008年，阿根廷的贫困率和赤贫率仍然为15.3%和4.4%。贫困差别虽然在缩小，但繁华的背后，仍然隐匿着太多的贫穷和辛酸。

闹市中的贫民窟

职业遛狗人

老码头上的艺术家

在阿根廷首都布宜诺斯艾利斯有一个老港码头，位于市南郊。老港码头建于1900年，已经有100多年的历史了，据说老港码头也是探戈和伦巴的发源地。

老港码头非常有特色，码头周围的一些老房子都用油漆涂得五颜六色，在阳光下显得五彩缤纷，非常的鲜亮。这些老房子大多由洋铁皮、木板搭建而成，最高建筑只有四五层，大多都有100多年的历史了，是真正的老建筑，有些老建筑上的油漆也已经有百年以上的历史了。这些形色各异的老房子远远看去花里胡哨的，但是却是阿根廷艺术家最喜欢聚焦的地方。

在老码头的第一号船坞“博卡”(Boca）上有一条街，名叫“卡米尼托”(Caminito)。博卡是河口的意思，而卡米尼托就是小路的意思。也许是位于拉美这片充满热情的土地的缘故，阿根廷人天

码头上画家绘画的主题大多是老码头和探戈舞

码头上的画廊

说不定下一个凡·高就诞生于此

生具有浪漫的细胞，他们把老码头上的旧仓库、旧游船等等都重新进行装修改造，改成了一个个颇具创意的主题餐厅、博物馆等。这些建筑外表保持原有建筑的原貌，而内部却进行了现代化的装修，使老建筑修旧如旧却又焕发青春。

改造后的卡米尼托小街有300多米长，如今这里已经成为著名的旅游景点，小街上到处都是卖各种旅游工艺品的商店，还有各种特色餐厅、舞厅、电影院、书店以及酒吧、咖啡厅等，生意相当的红火。

小街上到处都充满了浓浓的艺术气息，许多艺术家在这条小街上招揽生意。有一些跳探戈舞的艺术家在那里翩翩起舞，许多游客会随着音乐的节奏和艺术家们一起起舞。这里也是画家聚集的地方，这些街头画家们在小街上摆上画架，现场做画，他们的画都是表现阿根廷风情的，许多画作以探戈舞为题材，深得游客的喜欢，生意也不错。在这里买画不用使劲讲价，阿根廷人比较随意，更不用说阿根廷的画家了，你只要给的价钱不是太少，一般都会买到一幅中意的画作，这些画作个性十足，色彩也比较强烈，几乎每幅画作都充满了才气。站在这些画前，你会被这些画深深地感染，更会被那些强烈的色彩深深地吸引。我买了好几幅画作，准备回家装裱一下，要知道这些异国风情的画作远比国内装饰市场里卖的那些画要好得多。再说，这里的艺术家虽说目前还都不太出名，可说不定下一个凡·高就在此地诞生呢。

在小街两侧的墙边和墙上有许多雕塑、浮雕和壁画。这里有许多手工艺品，手工艺品和书籍都是以探戈舞为题材，酒吧、餐厅的招牌和所出售的啤酒与葡萄酒的商标也均以探戈舞或探戈舞明星的名字命名。

阿根廷人特别的会享受生活，他们喜欢悠闲自在的生活方式，不喜欢劳动，不会为金钱而奔波，再加上阿根廷又非常的富有，生活无忧，人们对生活也没有过高的要求，他们只求自由自在的人生，二战后许多欧洲贵族选择到阿根廷生活也正是由此。

经常有成功的人会说：我们把别人用来喝咖啡的时间用在工作上了。而悠闲的阿根廷人会说：我们把别人吃饭的时间用来跳探戈舞了。真是享受人生啊。

导游带着我们往老码头走时还说，如果今天你们走运还会在码头上看到“马拉多纳”。码头上的马拉多纳当然是假的，因为这个人长得特别像马拉多纳， 他就利用自身的优势，穿着和马拉多纳一样的球衫，在码头上陪游客照相，每照一张收费一美元。李导说，码头上的“马拉多纳”要是没钱了就会在码头照相， 等挣到钱后就会去度假，享受快乐的生活。如果我们在码头上看到了“马拉多纳”了，那就说明他度假回来了，也就是说他又没有钱了。结果我们一到老码头，远远就看到了“马拉多纳”，他留着马拉多纳式的发型，穿着马拉多纳的球衣，在码头上向游人微笑着打招呼。李导因为和“马拉多纳”比较熟悉，大老远的就和他开玩笑，问他是不是又没有钱了才回来照相挣钱？“马拉多纳”忙点头称是，并请求导游让我们陪他照相，远远地和我们招呼着，快乐地做出照相的姿势。不过他虽然外表看上去像马拉多纳，但仔细一看，却感觉离我们心目中的马拉多纳差得有点远，再加上时间匆忙，我们还要赶往下一站，只好和他说Sorry了。“马拉多纳”好像有点失望，但还是礼貌地和我们挥了挥手。

没有家园的灵魂

昨天晚上我们一行去看过阿根廷最著名的探戈和伦巴舞表演，回到酒店时已经是半夜时分了，而早晨6点半就要到机场赶班机。结果只睡到4点钟就被无情的电话叫醒了，早餐是面包和矿泉水，当然是在车上解决的。

南美地广人稀。坐在飞机上俯瞰南美大地，大片大片肥沃的土地尽收眼底，富饶美丽、轻松快乐是阿根廷留给我的最深刻的印象。难怪二战后富有的德国人选择阿根廷作为他们的庇护地。当然留给我更深印象的还有一个不得不提的人物——导游李纳小姐。

李纳小姐是我们的老乡，她来自辽宁省丹东市，到阿根廷已经十几年了，我们当天晚上由于飞机晚点，直到后半夜两点才到达阿根廷，李纳小姐就一直在机场等着我们。等我们到面包车上一看，除了李纳小姐和司机以外， 车上还有一位个头高大的中年男子，他热情地帮我们拿着行李，又在车上帮我们摆放好。李纳小姐并没有向我们介绍他是谁，但看他俩做事的默契，就已经感觉到了他们可能是一家人。

李纳小姐只用了短短几分钟就和我们混熟悉了，她真是天生的自来熟，当然这种熟悉是从第二天开始的。正如我们猜测的那样，前一天晚上和她一起到机场接机并帮我们拿行李的中年男子真的是李纳的老公。第二天，因为没有了老公在跟前，李纳不像前一天晚上那样矜持，而是既放松又快乐。李纳小姐个头不高不矮，皮肤白皙，身材和相貌都非常抢眼，可以说是非常的漂亮，是个标准美人。她四十出头，做过演员，还兼有东北姑娘特有的豪爽。熟悉以后，很自然的，李纳小姐就会对我们说一些在国外的感受。

李纳的老公毕业于台湾东吴大学，不过，看外表感觉两人年龄差距很大。李纳小姐坦率地说，他的老公原来有过一段婚姻，他娶了一个俄罗斯女人，那个女人连续生下了三个孩子，可是最终他们还是离婚了。如今他最小的女儿也已经有20岁了。

李纳小姐12岁的时候从丹东考进辽宁省艺校，与赵本山现在的夫人是同班同学，而且还在一间宿舍里睡上下铺，是非常非常好的铁哥们儿。李纳小姐当年是在2000多名学生的激烈竞争中考入省艺校的，她学习的是评剧。当时招生的教师一看到李纳就喜欢上了，说这孩子水汪汪的大眼睛顾盼生辉，天生就是演戏的料。在校期间李纳是班上最优秀的学生，只是毕业时正赶上评剧不景气，李纳小姐就跟着一些文艺团体到处走穴。她记得那时赵本山才刚刚出名，有一次，赵本山的经纪人到李纳的学校找她一起外出演出，结果李纳正好也在外演出，于是赵本山的经纪人又临时找到另一个刘姓的女孩随团演出，结果在去往演出的路上，面包车出了车祸，那个刘姓女孩不幸身亡，当时只有22岁。也就是那次事故，使赵本山认识了现在的夫人。如今想起当时的情景，李纳小姐还心有余悸。

年轻漂亮的李纳小姐后来嫁给了一个非常有钱的老公，80年代就住上了200多平方米的跃层式别墅。李纳那时有很多钱，一次花十几万元买衣服一点儿都不眨眼，除了演出就是购物消遣，从来不用为生活发愁，觉得生活特别的幸福。有一天，李纳小姐走在街上，突然看到了自己家的车里坐着一个不认识的女人，那女人和老公的举动让李纳一时有点发懵。李纳开始拼命地追着车跑，终于追上了车，李纳的心也碎了……李纳不能容忍老公对自己的背叛，尽管老公一再地认错道歉，李纳还是负气似的永远地离开了那个家，离开了自己的儿子，离开了老公。李纳什么也没要，年轻气盛的李纳两手空空地离开了家，她无法面对自己的失败，无法面对亲人和朋友们，她接受不了幸福生活的突变，于是踏上了出国的旅程。

一开始李纳是要去美国的，但十几年前去美国不是件容易的事，她的签证出了问题，无法直接到达美国，李纳听从了别人的建议，转道阿根廷往美国去，那个年代，许多无法直接到达美国的亚洲人都是通过这种方式曲线赴美的。一段时间里，阿根廷是亚洲人前往美国的最佳的中转站。但这一次李纳的运气不是太好，她和许多想从阿根廷、巴西转道去美国的许多亚洲人一样，最终没有去成美国。后来有人组织偷渡，李纳小姐胆子小没有参加，为了解决生计问题和尽快得到绿卡，年轻漂亮的李纳小姐嫁给了现在的丈夫。多年以后，李纳小姐终于有条件可以名正言顺地去美国了，却又失去了兴趣。李纳小姐的丈夫对她非常的好，特别疼爱她，但她的丈夫有一个坏习惯就是喜欢赌博，而且赌瘾挺大，无论如何也戒不掉，只要一有钱就会第一时间去赌场，输光了再回来。多少次李纳下决心要离开他，但是他对李纳的爱让李纳无法离开，李纳就想，有一天他把家都输光了才好，自己就会有一个离开他的理由，李纳有时就赌气和他一起去赌，但是他恰恰总是在最后一刻清醒，总是留给李纳一个无法离开的家，再说，除了好赌他没有什么对不住李纳的地方，于是李纳也就一次次地在想要离开的时候留了下来。

听说我是作家，李纳小姐立即来了兴致，说自己也喜欢文学。李纳小姐当年也是文学青年，是个小才女，在国内的时候，李纳小姐的散文、诗歌都曾经登载在报刊上。吃午饭的时候，我们要了几瓶阿根廷的啤酒，和李纳小姐痛快地喝了起来。李纳小姐的酒量相当了得，只是几杯酒之后，李纳小姐说起自己曾经的爱好、曾经的童年往事、曾经的祖国时不由得唏嘘不已，泪流满面，说到动情处不禁轻声地唱了起来：

“曾经我也有一个家，曾经我也有爱恨情仇，曾经一生一世不想再见……”

我们都被李纳的歌声感染了，不知道如何去安慰她，仿佛她那来自心底的忧伤已经和着那些甘醇的啤酒融进了我们的身体里，没有心醉却只有心酸。好在李纳小姐很快就调整了自己的情绪，重新和我们一起聊了起来。她还给我们朗诵了她自己写过的一首诗歌：

曾经我也有一个家
它在遥远的东方
那里是我的故乡

曾经我也有爱
花样的年华
已经随记忆远去

我是多么想念我的家
想念我的故乡
那里是我的天堂
可是我永远不会再拥有

人人都说这里是天堂
我的心找不到天堂那个角落

没有了爱
哪里还有天堂
……

李纳小姐的诗很长，只是我无法全部记下来。李纳流着泪说：她此生最后悔的一件事就是赌气离开了家，当时她丈夫曾经苦苦地求她留下来，但她还是走了。她说其实她还很爱自己的丈夫，更牵挂自己的儿子，走的时候儿子刚刚8岁，如今肯定早就长成了大小伙子，可是自己却不能见到他，真的非常地难过。李纳小姐眼含泪水对我们说：世界上没有卖后悔药的，你们一定要告诉你们的朋友，告诉你们的孩子，永远永远也不要出国，因为出国就是一条不归路。虽然她的话有些偏颇，但是不难看出她的心有多疼。父亲老了的时候，当时她没有正式身份无法回国奔丧，她的父亲也是因为思念她而病倒的，要知道，李纳曾经是个多么让父亲骄傲的女儿啊，这个女儿曾经在舞台上多么的风光，这个女儿曾经是那么的珍爱着这个世界。李纳说她的心早已经死了，再也不能回去了。我们劝她，既然不喜欢这里那就回去吧，现在国内也挺好的。李纳说哪有那么容易，回去什么都不习惯，也没有成绩，在这里还有一个家，有一个男人待他好。李纳说，她现在会平静地面对死，李纳说她不怕死，她说她会留下遗嘱，等她死了以后就把自己的骨灰撒到大海里，让自己“死了死了，干干净净”，才不进什么贵族公墓给自己的子孙后代添麻烦。

李纳真实名字不是李纳，取名李纳是为了给自己一个好运气，意为“吐故纳新”，真心希望李纳小姐能如愿以偿，在异国他乡平安，保重。

飞机开始降落，我的脑海里却全是李纳那挥之不去的面孔，思绪难以平静，眼里盈满泪水，俯瞰天空之下，已经是圣堡罗繁华而拥挤的都市，我们将在这里转机前往南非约翰内斯堡开始另一段旅程。

只是我的心仿佛还停留在阿根廷，停留在李纳小姐那忧伤的歌声里，停留在她充满真情的诗句里，尽管我离开阿根廷已经很久很久了……

天堂里有没有车来车往

“九月的天空依稀晴朗/阳光下许多故事缓缓酝酿/车来车往/车来车往/十三岁的小姑娘背着书包去课堂/那个下午有风在轻轻流淌……车来车往/最后你是否看见天使在飞翔……车来车往里有没有神的光芒/你对我说起你死去的爸爸/匆匆你走了……那个世界里……你找到了你的爸爸……那遥远的地方没有车来车往/那安静的地方小河在流淌……那洁白的地方命运没有方向……”

这是台湾歌手张恒演唱的一首著名的《天堂里有没有车来车往》，每次听到这首歌，我的心里都充满了悲伤。不知怎么，当我来到阿根廷布宜诺斯艾利斯的贵族公墓时，脑海里不由得想起了这首歌，那个去了天堂的小姑娘，是不是真的从此没有了烦恼？

贵族墓地入口处

有人说，要了解一个国家一定要看这个国家的墓地，墓地是一个国家的文化、宗教与历史的写照，因为听说阿根廷有世界上著名的贵族公墓，我们就要求导游带我们去参观一下，导游李纳小姐非常的开通，她嘴上说着“真不明白你们大老远来了却要看什么公墓”，但还是满足了我们的要求。我们带着异常复杂的心情参观了位于布宜诺斯艾利斯的一家著名的叫Recoleta的贵族墓地。

贵族公墓位于布宜诺斯艾利斯的近郊，占地10英亩，是布宜诺斯艾利斯最古老的公墓，这座世界知名墓园，静悄悄地伫立在城市之中，距今已经近200年的历史了。公墓原是教堂后花园，1822年成为墓地。主要是家族式公墓，就是以家族的名义购买墓地，具有永久的使用权。迄今为止，这座陵墓中安葬着大约7000个阿根廷历代社会精英、达官显贵，许多阿根廷名门望族，都会在这里购买墓室。

贵族身份确定是十分严格的，需要其家族拥有十世以上的荣耀，因此，这里不是凡夫俗子可以进入的，更不是有钱就可以进入的。

雕塑设计精良

一走进墓地，眼前的各种不同的墓地、墓碑等墓地建筑设计造型让人惊异不已，欧式宫殿的陵墓建筑风格强化了墓主的显赫身份，每座陵墓建设得如殿堂和迷宫般奢华。这些墓地大的占地有几十平方米，小的也有几平方米。贵族公墓墓园内布局好似浓缩的街区，一条条两米左右的墓地街道以井字形纵横排列，还有四条对角斜街穿插其中，整齐有序，而沿街道两旁就是建筑风格各异的陵墓。这些陵墓都设计成墓室，房屋的高度几乎与正常房屋相近，宽度略窄一些，整体比正常房屋按比例缩小。这些陵墓仿佛一幢幢浓缩的宫殿，高贵肃穆。墓室布置得富贵逼人，彩色地砖、水晶吊灯还有各种家什用具十分齐全，甚至还有镀金、镏金甚至纯金的装饰。

这些极尽奢华的陵墓，建筑风格迥异，设计独特，用料考究，施工精良，几乎都是各种高级大理石和花岗岩等高档建筑材料，建筑外观有很精良的优质的雕刻、雕塑作品。殿檐上有天使在飞翔的雕塑，也有耶稣被缚在十字架上的雕塑，还有勇武的猛士、柔媚的天使守护神以及侍女、小童等，还有鸽子、猫、狗等动物。既有独立的雕塑，也有群雕。为了表现陵墓主人生平，有的陵墓还设计了画卷般的叙事雕塑，追叙家族的奋斗史和兴旺历程。举目望去，几乎每座陵墓都刻有雕塑，可以说这些精美的雕塑作品给予了墓园以神韵，是贵族公墓的精华所在。你想象不到200年前，在这里就存在的奢华与眩目，这之前我从来没有想象到人也可以如此的高贵地死去。

这些200年前就已经修建的贵族家族式公墓，外表看上去比当今国内的别墅还要豪华和气派，从这里就可以看出阿根廷是多么的富有，我只能用“震撼”来形容自己的感觉。

如今已有23位阿根廷正副总统安息此处，虽然荣光已经不再，但这里却成了身份、地位和荣誉的象征，也成了阿根廷民众最向往的“永久家园”。

走在贵族墓地里，你没有恐惧，没有悲怜，却有着无尽的肃穆，四周静悄悄的，墓地内的道路、景观还有绿化都管理得非常到位，比我们的四星级小区管理得都好，都干净，但是公墓管理者只负责整个大环境的建设，至于每个墓地的日常维护由购买墓地的家族负责。

大多数的陵墓看上去干净整洁，但还有一些墓地由于年久无人打理已经破败不堪了，墓地的玻璃有的已经破损，有的棺木已经腐朽破败，有的看上

墓地外面的年轻人

去已经有一个世纪不曾有人光顾，从中可以看出那些曾经显赫的家族的兴衰。透过陵墓玻璃门或窗户往里面望去，依稀可见一具具棺木一层层地叠放着，这些棺木是按照家族成员的去世时间顺序自下而上叠放的。想想他们曾经那么高贵地活着，曾经那么奢华和富有，但仍然要躺下高贵的身躯，仍然要与先人在天堂里相会，仍然要和所有人一样地归于宁静，不禁使我感叹人生的无奈：也许记忆、历史、荣耀、风光等等什么都可以留住，只有岁月是留不住的。

贵族公墓所在的街区是贵族居住区也是热闹的居民区，墓园前面就是咖啡厅、商铺和名品廊，每到周末，这里还是布市最热闹的集市，各种阿根廷工艺品应有尽有。由于贵族墓园安葬的都是达官显贵，阿根廷人认为这里是难得的风水宝地，并不忌讳和他们为邻，因此，此地显得人气格外兴旺，也是居住区和商务区相对集中的区域。这让我想起在香港的跑马地旁边的公墓，那里的一边是热闹的赛马场，马的厮杀和人的豪赌在跑马地激情演绎，而赛马场旁边，就是一块宁静的墓园，那些曾经躁动的灵魂都在这里归于宁静。

生与死如此之近，让我不禁感慨万端：岁月无痕，一切都将成为永远！

阿根廷，别为我哭泣

我们在贵族公墓里还参观了阿根廷国母——曾经是阿根廷第一夫人埃娃·贝隆夫人和她家族的墓地。

埃娃家族的墓地与其他墓地并无特殊区别，只是静静地矗立在墓园的一处街道旁。陵墓黑色大理石门框左侧，一块小长方形铜板雕刻着她的名字和头像。按家族的规矩，她死后是不能进驻家族公墓的，但是考虑到她曾经的特殊身份，她的家族在她去世后将她的姓氏恢复到了家族的姓氏，她才有资格进驻家族墓地。墓地建筑的外墙上有她美丽的铜制雕像，她以家族的名义安葬在这里，在死神面前，她与家族人是平等的。不管她曾经是多么的美丽，曾经是多么的风光无限，也只能在这里悄无声息默默地与上帝对话。

不需要有人指引，只要你看到游人最多的陵墓，那一定是贝隆夫人的墓地。虽然贵族公墓里面埋葬着许多阿根廷达官权贵，但是，没有谁会像贝隆夫人那样，为世人所敬仰，也没有谁会像她那样受到后人的持续追捧。虽然埃娃已经去世50多年了，半个多世纪的时光过去了，但时间的久远并没有抹消人们的记忆，她是阿根廷人的骄傲，她浪漫的传奇一生永远充满着神秘，

陵墓墙上贝隆夫人的浮雕像

不仅阿根廷人仍然记得她，爱着她，怀念她，她短暂的生命对历史也产生了深远的影响，其影响力早已超越了国界。每天她的墓前都会有来自世界各地的游客和拥戴者，她的墓前总是摆满了鲜花，那些美丽的鲜花带着人们的祝福，五十多年来一直陪伴着她，也一定会温暖着她。

1919年5月7日，埃娃出生在首都布宜诺斯艾利斯附近的小镇维尔科依一个已经破落的地主家庭。1935年，16岁的埃娃怀着当明星的梦想到了首都，开始了她的舞台生涯。她先后参演了一些戏剧和电影，但是成绩不佳，生活曾几度陷入了困境。后来，埃娃进入了贝尔格拉诺电台，演播各种广播剧，取得了较大成功，逐渐走红。

1944年1月23日，埃娃和当时正在阿根廷政坛冉冉升起的陆军上校胡安·多明戈·贝隆，在阿根廷广播协会为圣·胡安城大地震而举办的赈灾义演上相识。当时埃娃年仅25岁，而贝隆已经49岁，第二年，26岁的埃娃与贝隆结婚，并在他的政治生涯中扮演了重要的角色，她曾经利用自己的名气和在电台工作的便利，为遭受迫害的贝隆奔走呼吁，号召阿根廷人民团结起来，反对独裁。埃娃最终以她的勇敢和智慧帮助贝隆赢得了大选，成功登上总统宝座，不仅改变了自己的命运，也改变了阿根廷的历史。

贝隆夫人逝去的家族成员

埃娃成为“第一夫人”后非常关注和维护穷苦大众的利益，在阿根廷深得民众的热爱，被人称为“国母”。这位阿根廷第一夫人，同样享有很高的国际声誉，她的故事被搬上音乐剧和好莱坞电影。埃娃·贝隆在1952年因子宫癌在布宜诺斯艾利斯去世，年仅33岁，此后20多年里，围绕其遗体的安置发生了许多故事。1955年胡安·贝隆被一次军事政变推翻后，由于贝隆夫人在民众中极具号召力，其灵柩竟被反对派几经藏匿，遗体被保存并陈列在一个纪念馆中。她的遗体用假名运往意大利米兰某个不知名的墓地，16年后被运到西班牙。1973年胡安·贝隆重返阿根廷再任总统，1974年3月胡安·贝隆逝世，埃娃的遗体被运回阿根廷并曾短暂安置在她丈夫的遗体旁。此后她被安葬在她父亲家族在布宜诺斯艾利斯的贵族公墓中，而她丈夫贝隆则被安葬在另一个公墓。

埃娃家族陵墓墙上有人物的简介

每年7月26日是阿根廷“第一夫人”埃娃·贝隆逝世纪念日。每到这天，阿根廷许多她的拥戴者都会从四面八方赶到贵族公墓，祭拜和纪念他们心目中这位“伟大的女性和伟大的母亲”。

我们在阿根廷的探戈舞剧场、音像店、酒吧等地方，时不时会听到《阿根廷，别为我哭泣》（Don’t cry for me Argentina）这首歌。这首优美而悲伤的歌曲为埃娃而作，被麦当娜在其主演的电影《贝隆夫人》中作为主题曲演唱之后，获得了第六十九届奥斯卡最佳电影歌曲奖。

在以埃娃为蓝本的《贝隆夫人》这部电影中，麦当娜用她美妙的歌喉，演唱了《阿根廷，别我为哭泣》这首著名的歌曲，并再度使这首歌传遍世界。在到阿根廷的第一个晚上，我们曾经听过一个声音酷似麦当娜的女歌手演唱这首歌，这首歌是整个晚会的开场曲，没有节目介绍，没有热闹华丽的喧嚣，大幕徐徐拉开，四周静悄悄的，女歌手开始深情地演唱——

阿根廷，别为我哭泣！

……

don't cry for me Argentina! 阿根廷，别为我哭泣！
the truth is I never left you. 事实上我从未离开过你，
all through my wild days 在那段狂野岁月里，
my mad existence 疯狂历程中，
I kept my promise 我信守诺言。
don't keep me distance. 别将我拒之门外，
and as for fortune, and as for fame. 至于金钱，以及名利，
I never invited them in 我从未奢望，
they are illusions 它们不过是幻象。
they're not the solutions. 绝非解决的途径。
they promised for be. 如它们所承诺的那样。
the answer was here all the time. 答案一直在这。
I love u hope you love me. 我爱你，希望你也爱我。
don't cry for me argentina! 阿根廷，别为我哭泣！
have I said too much? 我是否说得太多？
there's nothing more I can think of to say to say. 我想不出还能向你表白什么。
but all u have to do is look at me to know. 但你所要做的只是看着我，你就会知道
that every word is true. 每字每句都是真情。
don't cry for me argentina! 阿根廷，别为我哭泣！

女歌手的歌声高亢、凄美，仿佛把观众带到风云变幻的过往，随着她的歌声去感伤，去怀念，去追忆人们心中永远的埃娃。

博卡与河床

到阿根廷不能不提到足球和马拉多纳。足球运动是阿根廷人的最爱，足球在阿根廷不需要普及，几乎人人都会踢球，因为足球已经融入到阿根廷人的血液之中。无论尊贵还是贫穷，人人都可以尽情地享受到足球带来的快乐。

阿根廷最高水平的俱乐部联赛共有20支球队。在首都布宜诺斯艾利斯有两支球队的主场，一支博卡青年队，一支河床队。导游带我们参观了马拉多纳曾经效力的博卡青年队的主场，球场外面纪念品商店里的商品琳琅满目，还有卖明星签名的球衣和足球。我在纪念品商店里给先生买了一件博卡青年队的队衣，花了25美元。

博卡队创立于1905年，俗称穷人队，因为它最初大多数是由穷人组成的，培养出迭戈·马拉多纳、卡尼吉亚、加布里埃尔·巴蒂斯图塔、胡安·罗曼·里克尔梅和罗德里戈·帕拉西奥等众多世界级巨星，曾经代表南美俱乐部在世界俱乐部争霸赛中击败了皇家马德里，夺得“丰田杯”。博卡在1998至1999年国内联赛中，曾经创下了连续40场不败的战绩，不仅蝉联了冠军，而且创造了阿根廷足球的历史。在主场所在的路上有着像好莱坞一样的明星大道，地上刻着队员们的脚印和守门员的手印。

身后是足球场入口处

阿根廷“博卡”青年队宣传册

河床队又称富翁队、富人队。河床队创立于1901年5月，它的主场在首都邻近，其根据地离同城对手博卡青年队的根据地只有一箭之遥。早年博卡青年和河床为了争地盘，就以一场足球赛分胜负，输了就要走人。结果河床输了。1930年，河床队买下了当时的巨星贝尔纳维·费雷拉，而且都用黄金支付他薪水，因此河床队得到“富翁球会”的称号。河床有一套被称为“球星生产线”的培养机制，儿童班从9岁起招收学员，萨维奥拉、达历山德罗就是这样一步步成长为巨星的。

在阿根廷，博卡青年队和河床队都有自己的铁杆球迷。作为足球明星，阿根廷有许多世界级大明星，但作为球迷，每个阿根廷人是平等的，无论富有和贫穷，阿根廷人对足球的热爱都是一样的，对自己拥戴的球队，不管是曾经荣耀还是曾经失败，都一样充满狂热的喜爱，不离不弃。

酒醉的探戈

到阿根廷不能不去看探戈舞表演，如果你到阿根廷没有去看探戈舞表演，那就等于你没有真正到过阿根廷。

我们到了一家阿根廷探戈舞表演剧场，虽然要到晚上8点钟才开始演出，观众几乎都坐满了。好在我们提前预订了位子，不用紧张看不到表演了。

我们去的这家探戈舞表演场是餐饮娱乐一体的，也就是可以边吃烤肉边看演出。我们刚坐下，服务人员就送来了阿根廷红酒和烤得香喷喷的阿根廷烤肉，看上去立即让人感觉胃口大开。如果要问世界上哪个国家人均消耗牛肉最多，回答肯定是阿根廷；如果再问世界上哪个国家的红酒最好喝，回答还是阿根廷。

阿根廷人认为自己的红酒是世界上最好喝的，烤肉也是世界上最棒的，还有探戈舞也是世界上最棒的，那种自负让人觉得非常的可爱。

探戈舞蹈表演开始了，舞台上一对时尚而打扮鲜亮的探戈舞表演艺术家快速而有节奏地开始舞蹈。19世纪初，由于大量欧洲和非洲移民涌入阿根廷，这些滞留在布宜诺斯艾利斯市的外来移民大多生活在底层，他们无处可去，于是码头附近的妓院、酒吧成了他们纵情声色、借酒浇愁的主要场所。由于

香喷喷的阿根廷烤肉

偷拍的阿根廷表演探戈舞最优秀的艺术家

100多年前，油漆相对还是比较珍贵的东西，从阿根廷老码头下船的水手们，手里就提着刷船用的油漆桶，到码头上找妓女。据说，这些水手们把这些五颜六色的油漆当钱用，享乐之后就用油漆换钱或者用油漆帮那些妓女们刷房子。不同的船会带来不同颜色的油漆，久而久之，码头四周的房子就被那些寻欢作乐的水手们涂染成了五颜六色，远远看上去，老码头的房子红、黄、绿、蓝等等，别具特色，煞是好看。

老码头上的水手们大多来自西班牙等欧洲和非洲国家，在酒馆里喝醉了酒后就和那些妓女们一起狂欢、跳舞，他们将带来的歌舞形式与当地土著文化相互融合，把这种独特的舞蹈，取名为探戈和伦巴，意思就是酒鬼和舞女的意思。也有说最早的探戈是博卡码头工人们发明的一种两个男人一起跳的舞蹈，男人们在妓院等姑娘时一边活动筋骨，一边练习舞步。因此，原始的探戈音乐充满了“下流”的歌词和腔调，为阿根廷上流社会所不齿。在过去，这种舞是上不了大雅之堂的。

后来这种音乐流传到了欧洲，受到欧洲音乐家的欢迎后又从欧洲传回阿根廷。如今它已经成为阿根廷待客的保留节目，并为各国游客所喜爱，现在

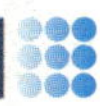

探戈舞表演艺术家

更是风靡世界了。如今探戈成了阿根廷的国粹，也成了阿根廷的象征。

探戈（Tango）和伦巴（Rumba）看上去高贵优雅，伦巴还被称为爱情之舞。有一对跳探戈和伦巴舞非常出名的男女演员，每次跳舞都全身心地投入，他们的舞蹈飘逸、洒脱、典雅、含蓄，在激烈而有节奏的音乐衬托下，尽情地展示着迷人的舞姿，让人如醉如痴……

阿根廷人酷爱探戈，阿根廷人把探戈看做是自己的国宝，是民族的骄傲。大街小巷到处飞扬着探戈舞曲的明快音乐，码头上到处都是表演探戈舞的演员，他们可以随时随地地陪你跳上一曲。 探戈已经成为阿根廷民族文化遗产中不可分割的一部分。

我吃着纯正的阿根廷烤肉，喝着地道的阿根廷红酒，看着多姿而迷人的探戈舞蹈，仿佛醉了一般。此刻，对于我这样的匆匆过客而言，风情万种的阿根廷探戈舞具有不可抗拒的魅力，已经让我如醉如痴。而对于热情奔放的阿根廷人而言，探戈已经融入到他们的血液中，与他们的生命融为一体，无法想象，如果生活中没有了探戈，那阿根廷人也一定会像没有了灵魂。

一定是这样的。